文治
© wénzhì books

更好的阅读

人偶的复活

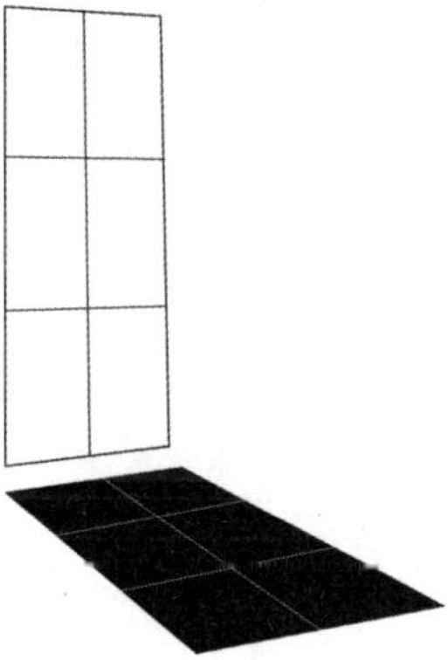

[日] 绫辻行人 著

张彩霞 译

浙江人民出版社

目 录

序章

少年呆然伫立。

眼前是一幅鲜血淋漓、惨绝人寰的场面。

身旁——寺田君脸朝下趴在地上，他的背后有一道极深的纵向抓痕，破碎的衣服下一片模糊。右手指甲深深抠进泥土中。左手腕竟然不见了！他的手腕被从肘关节处砍落……

对面——仰面倒在树下的不是武部君吗？武部君的肚子被残忍地割成两半。

啊，山崎君也惨遭毒手。山崎君的尸体卧倒在对面草丛里，和其他两人一样，而且……

少年惊恐地睁大眼睛，摇摇晃晃地走过去。

尸体竟然没有头颅！刚被割下的头颅被随意地丢在一旁。这究竟是怎么回事，为什么会变成这样？

四个人和大队伍走散，在山间迷了路。他们没有地图，也没有指南针，差不多晃悠了四个小时。山路越来越窄，路标也渐渐寻不到踪影。随着落日西沉，他们都有些筋疲力尽。

刚才——差不多半小时前——少年突然脚底一滑，从陡峭的山坡上滚落下去，幸好被灌木丛钩住，才得以保全性命。身上除了几处擦伤，倒也没什么大碍。

少年先是听见悬崖上的队友在呼喊自己，随后呼喊声变成一阵阵惨叫声，不久便安静下来。他来不及多想，拼命沿着山坡往上爬，接着便目睹了这地狱般的惨状。

到底是什么怪物能在如此短的时间内，将三个伙伴如此残忍地杀害？难道说山里有猛兽？或者是嗜血成性的杀人魔？

少年毫无头绪。可能是由于惊吓过度，他的内心反而没有任何波动，甚至没有该有的恐惧与不安。

少年踉踉跄跄地走进草丛。走到山崎君身边。

班上只有山崎会友好地对待少年，和他交谈，也唯有山崎愿意走进他封闭的内心“世界”。山崎是他唯一的朋友。

少年捡起山崎滚落在地的头颅，用手擦拭着他鲜血淋漓的脸，流下了眼泪。

少年不知该走向何处，整整两天，他都精神恍惚，一直在山中游荡。

所以，那天，少年能够走到那个湖畔，可以说是个奇迹。有些眼熟的小湖，还有周围那幽暗森林的氛围……

少年终于来到白色洋房前。

一对老夫妇迎了出来，脸上满是吃惊与慌张，见到少年从背包里拿出已经开始腐烂的头颅时，两人更加惊恐。

少年内心一片空白，向后倒退一步。此时的他无法说明，无法辩解，也无法……

接到老夫妇的通知匆忙赶来的父亲，用充满恐惧、憎恨的眼神死死盯着少年。

那个夏天——

少年被关在那栋白色洋房的阁楼里。房门紧锁，少年从那天开始失去了自由。

第一章　黑暗的引诱

……小亚，小亚？

……在呢，实矢。

今天啊，老师问我小亚的事情了……

……

麻堵和我都很担心，难道老师……

你们说了？

没有，这不是咱们的“秘密”吗，绝对不说。

对啊，这是秘密，不能和任何人说。

嗯，我明白，可是……

怎么了？

可是，我们究竟要去哪里呢……

……

小亚，我们该怎么办才好，我们要去哪里……

……

1

这是一座颇显陈旧的小教堂。

灰褐色板壁上镶着脏兮兮的白框窗户，屋脊铺着红褐色的石板瓦，尖尖的屋顶上竖着又细又长的十字架。只有正面那两扇黑色大门，尚存一丝庄严的余韵。

（在这里面？）

朝仓香里停下脚步，一只手压住被风吹得凌乱的长发。

虽然正逢白昼渐长的春天，此时，暮色却已侵袭大地。地面上被拉长的身影，也渐渐地被黑暗所吞噬。

黄昏，灾难易发的时刻——也是光与暗、现实与梦境交织的时刻。

（……怎么办？）

莫名的恐惧渗透心底，这是直到方才为止未曾意识到的情绪。香里停下脚步，惶恐不安地环顾四周。

一阵阵冷风吹得森林沙沙作响，有些地方积雪还未融化。背后有条蜿蜒的小路，她刚才还从那里经过，但现在望去，那条小路却仿佛通向深不可测的幽暗深处。

她再次望向眼前的建筑。

它位于森林间断处——背靠陡峭的山坡，两侧是葱茏茂密的树林，没有一点儿“教堂”应有的庄严肃穆，如果没有屋顶的十字架，顶多算一座冷清的山间小屋罢了。

她知道这里有座旧教堂，是那家人告诉她的，他们还再三叮嘱，说这里很危险，让她千万不要靠近。这栋房子已经数年没有修缮和使用了，前几年还遇到泥石流，一半已经被淹没在泥沙里了。

（那孩子在这里面？）

可是——

黑色大门被几根长木板钉死，诏告着人们不许靠近。窗户也是如此，几乎被完全封闭。

她虽是一路追过来的，其实并没有跟紧，只是碰巧看见森林中那孩子的身影，便抄着相同的路寻了过来——仅此而已。或许那孩子已经绕过这里，钻进森林深处了吧。但是——

（不对。）

香里的直觉，马上否定了这种可能。

那孩子就在教堂里面。那孩子肯定进去了。她又一次环顾四周。

一面是身处暮色森林中莫大的恐惧，另一面是不能靠近教堂的忠告，她正犹豫不决。突然，一阵强风吹过，周围的树木哗然骚动，沙沙作响。

她大吃一惊，毫不犹豫地朝教堂走去。

大门被木板死死钉住，肯定进不去。两侧的窗户也被封死了。香里走到满是灰尘的窗户跟前，从木板缝隙中窥视，里面漆黑一片，什么也看不清。

（应该有地方可以进去……）

建筑周围全是枯黄的杂草，隐约还能看见草丛被踩踏的痕迹。说不定这里就是那孩子——不，孩子们的秘密玩耍基地。

香里心想，一定有地方能进去，难道在房子后面……

她下意识地轻挪脚步，尽量不发出声响，慢慢沿着房子向左走去。侧面一排排的窗户也都用木板封着。走过去后她才发现，后面的情形果然和那家人说的差不多：一片泥石流过后的狼藉。

与其说是凄惨，倒不如说有些滑稽。被泥石流吞噬过半的教堂，仿佛是从隆起的“土壳”里诞生的巨型蜗牛脑袋。

她两腿发软。

这里确实很危险，整个建筑随时都有倒塌的可能。还是原路返回吧，香里心想。

暮色比方才更深了。

回去吧，那孩子在这教堂里干什么都与自己无关，何必在这里胡乱揣测。

可是，就在她抬起脚后跟的一刹那，突然——真是天意弄人——她发现墙上有个被挖穿的洞。

一处由于泥沙掩埋形成的界限，灰褐色墙壁下方，有一个比墙壁颜色更深些的洞。

（啊？）

可恨她那天生的好奇心。

（从这里可以进去？）

先不回去了，距离完全天黑还有一段时间，所以……

2

洞口刚好够一个大人弯腰通过。不知这洞是长期自然侵蚀的结果，还是人工所为？

只用好奇心来解释香里的举动，未免有些牵强——她仿佛被一股不可抗拒的力量引诱着，毫不犹豫地钻进了洞里。

——里面很黑。

从洞口出来，脚跟刚落地，黑暗中那骇人的潮湿便迎面袭来。

教堂里的空气，凉飕飕、黏糊糊的，混合着混浊而发霉的气味，一个劲儿地往她身上扑……

与其说进了教堂，倒不如说仿佛踏入了一个幽深的洞窟中。

黑暗中，香里双臂交叉，箍住双肩，竖着耳朵一动不动。令人窒息的寂静中，不时传来滴水的声音。

（那孩子呢？）

一会儿后，香里渐渐适应了黑暗，借着窗户缝隙里射进来的几缕光线，勉强看清了里面的状况。

一堆桌椅摆在眼前，将香里此刻站着的地方与教堂中央分隔开来。左手边——正门上方，古老的壁画蒙着厚厚的尘埃，显得黯淡无光。右手边——教堂深处，屋顶墙壁已被冲破，流入的泥沙堆积成黑黑的小山丘。

（在哪里？）

里面太暗，看不清楚角落的情形，但可以感觉出这里丝毫没有人气。

那孩子是不是没有进来？或者，发现她进来后，故意屏住呼吸？

“你在吧？”香里弱弱地问了一句。

可能由于天花板太高，回声出乎意料地大。

“出来吧，我不会责怪你的。”

咚！一阵细微的声响传来。

（哪里？）

“喂，你在哪里？”

没有回答。可是，刚才的声音……

香里慢慢沿着堆积的桌椅，向教堂中央迂回靠近。“吧嗒吧嗒……”滴水声再次断断续续地传来。和刚才的声音来自同一方向——似乎是堆积着泥沙的教堂深处。

“出来吧。”

香里稍微抬高声音，继续往里走。“不要再躲了。”

地面铺着木地板，香里每走一步，地板便发出“咯吱咯吱”的声音，令人毛骨悚然。由于泥沙渗入，地板似乎已经塌陷，越往里走感觉越倾斜。

前面似乎有簇白色的东西，正环抱双膝，一动不动地坐在黑暗中。

（——在那里啊。）

（怎么在那种地方……）

“你在干什么？”

香里边往里走边问道。

（在那种地方干什么，难道是为了躲我？还是，受伤了……）

里面实在太暗，看不清具体情形。于是，香里便从夹克衫口袋里掏出打火机。

“没事吧？”

打火机亮了。此时，泥泞中香里的脚步声格外刺耳。

“没受伤吧？”

教堂里渐渐亮了起来——

“不要！”

突然，一声细小的喊叫传来。

“不准看！”

可为时已晚，香里看见了蹲在那里的少年模样。

恐惧渗透每一个毛孔。

下一秒，她迅速扔掉举过头顶的打火机，朝出口方向奋力奔跑。她想喊，可喉咙太紧，什么都喊不出来。

地面太过泥泞，她好几次滑倒在地。好不容易连滚带爬地回到洞口，顾不上已经脏兮兮的衣服，她立即将头伸了出去。

背后的黑暗中传来脚步声。“吧嗒吧嗒……”似乎正踏着泥泞的地板走过来……

（他追过来了！）

香里逃出教堂。

此时，她已经无法冷静思考，像中了邪一般，一个劲儿地发抖。生理上的恐惧遍布全身，她奋力朝森林方向跑去。

往后稍一回头，正好看见一个小黑影从洞口爬出。

（那孩子追来了！）

还是那条通往森林的小路，不同的是，夜色比来时更凝重。

凉飕飕的风吹来，惹得森林中的树木沙沙作响。香里不顾一切地奔跑着，她想原路返回，但不确定这是否是来时的路。她只知道，如果现在停下来，自己将再也迈不开双腿。

（那孩子。）

（究竟为什么？）（到底是……）

心中充满疑惑。

（难道是……小亚？）

——啊！

突然，右脚踝猛地受到冲击。

还没来得及感受疼痛，香里就这样被路中央凌乱的树根绊倒，待意识过来已经晚了，身体扑向的前方正好有棵树横躺在路中央。

这时，香里突然发现，一个尖锐的树茬，正冲着自己倒下后咽喉的地方，仿佛原本就知道自己会绊倒，故意等在那里似的。

3

……她不再动弹，鲜血一个劲儿地往外涌。

（不关我的事。）

（对，不是我的错。）

（是她自己……）

被树茬穿透喉咙的香里，保持着俯卧的姿势，一动不动。

看着香里深陷树干的侧脸，少年仿佛一只迷途的羔羊，歪着又细又白的脖子，然后……表情甚为诡异地握紧手里的剪刀。

香里仍旧保持着那样的姿势，没有动静。只剩白色的衬衫、白色的裙子、白色的夹克，还有那似乎要与黑暗融为一体的黑色长发……

（一个是——）

犹如鬼魂附身，少年带着与年龄极不相称的表情，冷静地掰开银色的剪刀。

（雪女的黑发。）

第二章　森林中相遇

仲夏。

尽管是白天，周围的森林还是有些昏暗……

麻堵，你觉得新老师怎么样？呃——不太清楚。

我觉得新老师长得很像妈妈。

啊？是吗？

嗯，非常像。

实矢你这么觉得……不过，妈妈可比她白多了，头发的颜色也不一样。

小亚，你觉得呢？

……呃。

和妈妈以前的照片很像，对不对？

是吗？

以前那个老师，小亚不喜欢，对吗？

也不是……

她老用奇怪的眼神看着我们，还老打听小亚的事情。

她肯定是听见我们说话了。

嗯，她别插手我们的事就好了。

大人们都一样坏，脑子里老想着教训我们。

……我讨厌爸爸。

他这次什么时候回来？

听阿邦说，是后天。

要是一直不回来就好了。

对啊。

孩子们低声交谈着。

他们的呼吸跟随着森林的律动，身体融化在无边的黑暗中。

1

驱车驶过山顶，景观蓦然改变。

一路上，层峦起伏的山脉满是郁郁葱葱的新绿，分外明朗，此刻却突然变得有些阴暗。山上仅有的一片森林中，一棵棵树木开始蠢蠢欲动，不安分地摇曳起来。越是到达这橡树、山毛榉一类的阔叶树，松树等针叶树交错林立的森林深处——植被虽然没有明显的变化——越是强烈地感受到细小山路两旁那越来越重的阴翳感。

或许，只是因为流动的云彩遮住了太阳，投下了巨大的影子，又或许是因为山间的风突然变大的缘故？

总之，那一刻，悠木拓也的心情变得异常奇妙，仿佛自己已经驱车来到一个完全陌生的环境。那里不是司空见惯的山间小路，而是一个与现实世界完全不同的地方——

那里不是日本。

可能是连日语都无法准确描述的一个非常遥远的国度……不过，这个不靠谱的念头只在脑海中停留了一瞬。

关上冷气，拓也摇开半扇车窗。风吹了进来，没有想象的那么凉爽，却也把他中分的长发吹得凌乱。

拓也有些自嘲地想着。

他很想逃离日本，远离现代的喧嚣与嘈杂。虽然这样说有些夸张，但最终还是因为想逃避才来到这里……

（……尽管如此。）

关上车窗，拓也又打开冷气，眯着双眼望向前方转弯处的路牌。

（十多年前来过这里，不记得路也是理所应当吧。）

乌裂野。

大多数人都不知道这个名字，但是据说这里一度是未来开发的热门土地呢。

其实这里交通并不便利，驱车从东京出发，大概要四个小时。但好像因为某铁路集团的房地产部门想要发展当地经济，曾经想要将这里作为别墅开垦区进行出售。如果当时发展顺利，说不定这里已经成为轻井泽[①]第二，或者已经像清里[②]那样繁荣了。

但是，计划却在执行初期就被中止。具体什么原因，拓也不知道，也没有兴趣追究。他只是很庆幸当初企业做出了如此正确的判断，这里的原始氛围才得以保留。

其实，土地和人类一样，也有自己的秉性与脾气。无论广告的宣传力度有多大，投入多少资金来开发，到头来，乌裂野这片土地还是拒绝了大批都市人群的涌入。

为什么要作这样的比喻？拓也也说不清楚。可能这只是他成年后再次来到这里最直观的——或者说最感伤的——想法而已。

十年前，拓也曾经来过这里。那时他十二岁，是小学六年级暑假的事情了。

舅舅在这一带有一栋别墅。从刚才驶过的乌裂野村落，到还

---

① 轻井泽：日本的一处避暑胜地，位于长野县东南部。

② 清里：海拔 1300 米左右的高原避暑胜地，位于日本山梨县西北部。

需半个多小时车程的山坳一带，有一个姬乃湖——十年前舅舅、舅妈还没有孩子的时候，曾经带他到湖畔玩耍过。

说起小学六年级，还依稀可回想起自己的身影，但若说是十年前，又总觉得已经遥不可及，非常陌生。

确实，十二岁与二十二岁之间相隔的十年，仿佛一道厚重的墙壁，看起来很透明，实则不然。这其中，被阻挡被扭曲的风景数不胜数。

回忆着以前舅舅载他来这边度假的场景，拓也驱车搜寻着路，不知为何，他有些莫名地心急。他的车是二手黄色大众“甲壳虫”，今年才刚到手。

下坡之后又是上坡，坡不是很陡。不一会儿便驶入土路，两侧的树木极为茂密，枝干一个劲儿地往道路中间压。树影斑驳中，拓也继续前行，周围的阴翳感和压迫感也越来越重。

不一会儿，前方左手边的森林缝隙中，似乎有一道细小的银色光芒闪过。

（那是——）

是湖吧，他想。可能是姬乃湖湖面反射阳光所致。

他放慢车速，循着光芒向前行驶。突然，对面森林又闪过一道亮光，刚好刺入拓也的眼睛。

（快到了吧？）

想到这里，拓也放下心来。他一只手驾车，另一只手去够扔在副驾驶座上的烟。就在这时，“啊——”拓也不禁喊出声来，连忙踩住急刹车。森林中突然蹿出的小人影，让他措手不及。

尘土飞扬中，车子九十度转弯停在马路中央。

好像没有撞到，应该不会出人命吧？拓也背后直冒冷汗。

他慌忙下车。只见距离车子不到几十厘米的地方，一个瘦小的少年正吃力地双手撑地，试图站起来。

“你没事吧？”

少年身穿柔和的黄色T恤，下身是灰色半裤，脚蹬一双白色运动鞋。那瘦弱的手腕支撑着上身，明显地在不停发抖。

“喂，你……”

（森林深处怎么会有小孩？）

拓也跑上前想去扶他。少年有些吃惊，抬头望着拓也，用怯懦的声音说道：

“对、对不起。我……”

“撞着你了吗？有没有受伤？”

“我……我……”

少年柔软的波浪卷，恰到好处地将耳朵遮住。头发与其说是茶色，倒不如说更接近红色，肤色特别白皙，感觉不像是日本人。

“我没事。”但对方却操着一口流利的日语，“只是跌倒，蹭破了皮。”

听到这里，拓也紧绷着的神经总算松了下来。他抓住少年的手腕，将他扶起：

“真是吓我一跳，你就这样突然跑出来。你家在附近吗？”

“呃，嗯，我……”

“是在森林中玩耍吧？”

“呃，呃，是小亚不好。是小亚追我，我才……”

“小亚？”

拓也尽量靠近因胆怯而低下头的少年。“是你的朋友吗？”

“麻堵！”

这时，一个清脆的声音传来：“发生什么事了？这位大哥哥是谁？”

拓也看到另一位少年从那片树林中跑出来，身材、个子都差不多，穿着一样的半裤，一样的T恤，只不过T恤颜色不同。

“他就是小亚？”

拓也问的时候，少年已经按着膝盖站立起来。

“不，他叫实矢。”

伤口应该很痛吧，但少年咬紧双唇执拗地向实矢走去，实矢则从森林那边快步走来。拓也惊讶地发现，两人竟然长得一模一样。

2

叫麻堵的少年膝盖处流了不少血，其他地方倒没什么，头部也没有撞击的痕迹。拓也用手绢简单地帮他包扎好伤口之后，便提出要把他和后来出现的叫实矢的少年一起送回家。

“可是——”

身穿绿色T恤的实矢，挡在麻堵前面。“家里人告诉我们，不能随便坐陌生人的车！”

“但是膝盖受伤，走着回去会很辛苦的。”

听了拓也的话，实矢回头望着麻堵。

“可是……”

“我叫悠木拓也，是个大学生。我舅舅的别墅就在前面，我在东京上学，主攻历史学专业。”

一口气介绍完自己之后，拓也咧嘴笑着。“这样就不算‘陌生人’了吧。”

此时，一直默不作声的麻堵，在实矢后面微微地抿嘴。

“你们是双胞胎吧？”

“不是。”

实矢有些漠然地摇头。

“我们相差一岁呢，不过经常被认错。”

“是吗？我以为你们是双胞胎。”

“经常有人这么说——我叫园城寺实矢，这是我弟弟园城寺麻堵。”

“园城寺……嗯，你们就住在附近吗？”

“是的，就在前面不远处。”实矢肯定地答道。

看上去，两人都是十岁左右。但是，这个叫实矢的孩子讲话的措辞、语调、表情……却与大人无异。而且，两人的长相充满异国情调，（真的很漂亮。）让人感觉就像在大街上看见美女一样，心情非常奇妙。

“这附近的话……嗯，不管了，我送你们回家，来，上车上车。”

拓也透过后视镜看见两个孩子坐上后座后，开始发动引擎。

“沿着这条路一直往前走吗？”

“是的。”实矢点点头，“马上就能看到我家了。”

“是吗——果然在舅舅的别墅附近啊。”

说起来，十年前来这边度假的时候，好像随舅舅去过一个地方。那是一栋又大又气派的别墅，宽阔的庭院、雪白的墙壁、阁楼上的窗户，还有……

“伤口很疼吗？”

见坐在实矢旁边的麻堵一直低头不语，拓也有些担心。麻堵抬起头来，朝他摇摇头。

“小亚怎么办？不告诉他一声就走掉好吗？”

拓也突然想起这个问题，就随口问道。麻堵用为难的神情望向实矢，实矢则悄悄地摇头。弟弟像得到指示一般，又开始沉默。

实矢和麻堵——虽然相差一岁，但模样真的像极了双胞胎，两人瘦小的身躯蜷缩在宽阔的座位上，甚是可爱。拓也时不时地从后视镜中捕捉两人的表情。

（真漂亮啊！）

拓也再次发出感叹。

迄今为止，他从没觉得这个年龄段的小学生——尤其是男孩，可以用漂亮来形容。虽然见过很多年龄更小一些，长相可爱的孩子，但要知道，可爱和漂亮其实有本质上的差别。

然而，就在刚才，他遇到的这两个少年，真的是非常漂亮。用翩翩美少年来形容，或许他们还尚显稚嫩，但就算如此称呼也毫不夸张。尤其是哥哥实矢那凛然的面孔，有一种远离尘嚣的超凡脱俗之美。

或许，就是因为太过美丽，才会显得不自然。一阵莫名的骚动涌上心头，拓也有些心绪不宁。他的心似乎也被一种莫名的东西奇妙地牵引着。

“大哥哥。”实矢突然开口，“大哥哥去那栋房子做什么？”

“那栋房子……啊，你知道我要去的别墅吗？”

“嗯，因为很近。”

“是吗？”

拓也握着方向盘，故意大幅度地耸耸肩。

“为了准备毕业论文。”

“毕业论文？”

“嗯，类似大学里的作业。我就是为了完成作业才来这里的。”

“哦，是来这里学习吗？”

“对对，可以这么说。”

不久，汽车便驶出丛林茂密的小路，眼前的视野顿时变得开阔。七月的骄阳炎热炽盛，在它的照耀下，景色又恢复明朗。

“就在那里。”实矢指着前方说道，“那栋白色房子。”

拓也顺着实矢的手指望去，目光瞬间被这栋洋房夺走。

（果然是记忆中的那栋房子。）

十年时间虽然能抹杀很多记忆，但第一眼看到洋房，拓也便感觉那道墙已然透明许多。

朦胧记忆中屡次出现的，就是那栋洋房。那栋建在森林缝隙中的白色洋房……

3

“爸爸的车！”

只见宅邸宽广的前院里，停着一辆白色奔驰车。弟弟麻堵首先认出车来，立即从后座起身。

“实矢，爸爸回来了。”

“——嗯。”

“不是说……”

“谁知道啊。”

拓也对两人的谈话感到奇怪。他大约猜出那辆奔驰车属于两人的父亲的，但奇怪的是竟然丝毫觉察不到两人的兴奋，反而觉得两个孩子似乎不太欢迎爸爸。

“你们的父亲平常不住在这里吗？”

两人略微点头。

拓也窥见两人脸上的不安，边打方向盘边问道：“平时父亲住在哪里呢？”

“东京。”实矢回答道，“我们也住在东京，只是学校放假的时候才来这边。”

原来这栋白色洋房是园城寺家的别墅啊。听到这里，拓也之前的疑惑总算有了解释。毕竟，这样的孩子住在森林深处总是有些奇怪。

可能是主人听见了陌生的引擎声，车刚驶到大门处，拓也准备手动停车的工夫，大门便打开了。一个穿着桃粉色连衣裙的女人走出来，花枝招展，却骨瘦如柴。

“家里有人出来接你们了。”拓也回头望向两人，“是你们的妈妈吧？”

“妈妈？”

麻堵明显有些恼火，反驳道：

“才不是呢！”

女人走过来，狠狠敲打着主驾驶侧的车窗，嘴一张一合地似乎在说着什么。毕竟是四十多岁的中年妇女了，穿着打扮却还如此光鲜艳丽，让人实在不敢恭维。

拓也摇下车窗。只见女人眉毛上挑着，坍塌的鹰勾鼻下衬着一张刻薄的嘴，更显丑陋。拓也还没来得及下车寒暄，女人便开始扯着嗓子乱叫：

“我问你，哎，怎么回事？你是谁啊？干吗随便把人家的孩子弄上车，你有什么企图——还有，你看看你这车，这么破，噪声都能吵死人。”

“呃，一场小事故。”

拓也最头疼这种胡搅蛮缠的人，看来又要花时间解释半天。拓也边想边熄灭引擎。

“你们两个也下车吧。”

“对不起，大哥哥。”实矢一脸抱歉地说着。

“麻堵，脚还疼吗？”

“——不疼了。”

“什么？你说什么？发生了事故？你不会撞到我家孩子了吧……”

“不是，您别担心。”

拓也别过脸，不再理会那女人的歇斯底里，径自下车。

“您听我说，我不是坏人，我舅舅的别墅就在前面，我正打算去那里呢。事实上，刚才是这孩子——麻堵君突然跑到路中间。”

“看吧看吧！”

女人打断拓也的话，狠狠地瞪着他，随后捕捉到麻堵受伤的膝盖。

“你撞了人？把孩子撞伤了？”

“不，不，不是这样的。”

“别狡辩了！”

“姑姑，真不是这样的。”

实矢突然插进话来，替拓也辩解。

“大哥哥没有说谎。是麻堵自己从森林里跑出来，自己跌倒的。”

“那不是撞车受的伤？”女人疑惑地瞪着实矢，“真的？”

“嗯。是麻堵不对，是吧，麻堵？”

“——嗯。”

麻堵稍微拽了拽绑在左膝的手绢，朝拓也挪了一步。“可是，可是……”

（是小亚追我才这样的？）

（麻堵肯定是想这样说吧。）

不过，麻堵没有继续。

“你看，对吧？”实矢接着麻堵的话说道，“我们跟大哥哥说过不用送，可他坚持要送我们回家。大哥哥不是坏人。”

“——是吗？”

女人终于不再扯着嗓子乱喊了，而是双手掐腰，玩味似的看着拓也。长长的指甲上涂着鲜红的指甲油，在阳光的照射下显得更加刺眼。

拓也一只手插在做旧的蓝牛仔裤兜里，另一只手故意挠了挠自己的长发。

“事情就是这样。那么，我先告辞了。”

“请等一下。”

大门处传来一个沉着冷静、有些年长的声音。“我家孩子好像给您添了不少麻烦。”

只见褐色大门前站着一个中年男人，个子很高，身穿一身珍珠灰西装。他估计已经站了一会儿了，也听到了他们的谈话，此刻正慢慢朝他们走来。

“我是园城寺准雄，两个孩子的父亲。”

男人定睛看着拓也，随后瞥了一眼已退下的女人，说道：“舍妹对您失礼了。”

“哥哥……”女人有些不满，小声嘟囔着。

“不，是我给您添麻烦了才对。”

男人身上散发出的绝对威严，让拓也有些紧张，这次竟不自觉地挠了挠头。

“麻堵君会跌倒，是因为受到我车子的惊吓，所以……”

“不！”

园城寺准雄严肃地摇摇头。那是一张轮廓分明的脸，黑黑的头发梳着大背头，高高的鼻梁下面蓄着薄薄的胡须。

“责任在于犬子，是他不小心跑出来。而且我说过，不准到那边森林里去玩。”

说完，园城寺准雄静静地来到儿子身边。只见麻堵双手紧紧抓住实矢的T恤底摆，怯生生地低着头。

啪！一记耳光响起。

惊愕的拓也来不及劝解。“给我好好反省！”

园城寺准雄的声音压得低低的，极具威严。麻堵捂着脸，瘦削的肩膀战战兢兢地哆嗦着，却没有哭出声来。站在旁边的实矢，正紧咬嘴唇，回瞪着父亲。

“实矢，你也好好反省。”准雄继续说道，“我说过，可以到森林里玩，但是不能到那么远不是吗？”

遮住少年额头的红色刘海，在风的吹动下竖立起来。这时拓也注意到，实矢嫩白额头的中央——眉毛上方有条斜斜的、两厘米长的旧伤疤。

“不好意思，园城寺先生。”拓也怯生生地开口，“那个，麻堵膝盖擦破了皮，流了很多血，还是早点消毒为好。”

“嗯——我知道了，真的非常抱歉。”似乎在外人面前打孩子就是为了向拓也道歉一般。

“雅代。”园城寺准雄向正想默默退回去的女人命令道，“把龙川小姐叫过来。”

然后又无视伫立着的少年，将目光转向拓也。“真是太麻烦你了，还特意送两个孩子回家，谢谢你。”

“不用不用，真的没关系。”

“因为工作忙，我经常往返东京，虽然平时也注意对孩子们的管教，但是总有教育不周的地方。这次我原本打算后天回来的，因为事情比预想的顺利，所以就提前回来了……啊，真是让你见笑了，跟你啰唆这些没用的。不过幸好我早回来。”

“……”

“刚才听你说要去附近的别墅，主人好像是东京的一位小说家吧？”

“嗯，那是我舅舅，我叫悠木拓也。”

“原来如此。那你是一个人来的？”

“嗯，这次是来忙活毕业论文的。”

“这样啊。哪里的大学？”

拓也说出名字之后，男人“嗯”了一声，赞许地点点头。

“你很聪明啊——怎么样，难得来一趟，进屋喝杯茶吧？”

“啊，不用客气了。”

拓也刚准备要走，大门处传来一个年轻女孩的声音。“麻堵君没事吧？”

只见一位瘦小的女孩正快步走来。她穿着浅蓝色的衬衫和裙子，短短的黑发衬着健康的小麦色皮肤，与两个少年形成鲜明对比。

麻堵仍捂着脸牵拉着耳朵，女孩走到他面前，单膝跪下。“糟糕，血都浸透手绢了。疼吗？能走到家里吗？”

“——嗯。”

“那咱们走吧……”

女孩牵着麻堵的手，站了起来。

只见她将目光投向准雄和拓也，默默地点头致意后，便牵着麻堵的手往家里走去，实矢静静地跟在后面。

“这位是？”

这女孩真可爱，拓也心想。年龄应该和自己差不多吧。

“听说过医疗技术短期大学吗？”园城寺准雄淡淡地说道，“她是看护专业的学生，利用暑假来照顾孩子。”

“家庭教师？”

“嗯，差不多吧。”

有些奇怪，如果要找家庭教师的话，为什么非得找看护专业的学生？当然，拓也不会傻到问这样的问题。待三人的背影消失在门口，拓也便告辞离去。

4

前面是个分岔路口，左拐是姬乃湖畔——园城寺准雄这样告诉他。他还说，如果到了那里，就能看见拓也要找的别墅。

道谢之后，拓也便发动起车子。陈旧的引擎是水平对置四缸式的，启动起来吧嗒吧嗒地作响。

汽车在山路上嘎嗒嘎嗒行驶，拓也回头望向洋房。

白色墙壁上，爬满了绿油油的爬山虎，烈日炎炎下灰色的屋顶泛着银白色亮光，一楼二楼的白色窗户整齐地排列着，再往上，还有几个阁楼小窗。

（——就是这里。）

拓也重新将记忆中那若隐若现的白色建筑，和这栋洋房作比较。十年前的那个夏天，这栋洋房也在这里，还有……

（还有？）

正如园城寺准雄所说，山路不久就出现岔路。一边是一路上坡直达深山；另一边则是急转弯左拐。

拓也毫不犹豫地左拐。

往前走了一段，拓也又从左边森林缝隙中看见那栋白色洋房。

不过，这次是从后面，而且比前面看得更清晰。

拓也把车停了下来，不知为何，他觉得自己有必要再瞻仰一下这栋洋房。

（什么东西？）

拓也的目光停留在一扇窗户上。

（那是……）

二楼的窗户里似乎有个黑影。

拓也使劲眯起眼，重新确认了一遍。是的，二楼正对他右手边的窗户，有个人影在里面一动不动——如果没有看错，那确实是人影。

拓也心想，那个人影也在目不转睛地望着外面吧。

因为相隔太远，他看得不是很真切。不过，拓也知道，那是个女人，而且是个长发女人。

第三章　嬉戏的时光

小亚？小亚？

……

你在吧？

……实矢吗？

麻堵也在呢，对吧，麻堵？

——嗯。

脚上的伤，好些了吗？

嗯，你看，是老师给我包扎的。

你又挨揍了？

是啊，爸爸真过分。只不过是稍微走远了一点而已。

不知道他会提前回来呢。不过还好他傍晚就走了。

那位大哥哥真是好人，刚开始还有些怕他呢。

你跟他讲小亚的事了吗，麻堵？

嗯，不过……

我们不是约好，对外人保密的吗？

可是，实矢……

……算了，以后要注意哦。

但是，小亚……

麻堵没有错，错的是大家……

别说了。

错的是……

叫你别说了！

……

1

七月二十日，周四——傍晚稍早些时候，悠木拓也到达舅舅的别墅。

幸亏园城寺准雄告诉他路怎么走，不久他便顺利到达。和十年前的记忆没有多大差别，仍旧是湖畔林间，仍旧是小而端正。

拓也的舅舅住在东京，算是小有名气的小说家。从历史小说到风俗小说再到推理，各领域他都有涉猎，而且建树颇高。

听说当初舅舅就是赶上之前说的乌裂野开发计划，才在这里建的别墅。如果当时计划没有中止……现在还说这样的话未免有些矫情。事实上，舅舅更喜欢森林现在的自然风貌。每当过完盂兰盆节，他便欢欣雀跃地来这里写作，直至冬天来临。

拓也是东京某知名大学文学院的大四学生，主攻西洋史学。由于家住在汀田，离学校比较近，上学期间他一直走读，预计明年春天毕业。

日本的大学仍旧是出来容易进去难。如果单纯为了毕业，他现在完全可以不用上课，尽管放肆地出去找工作，更没必要颇费周章地准备毕业论文。不过，拓也的情况有些特殊，他听从一直非常敬仰的导师的劝告，决定继续考研究生。

所以，他才只身一人来到别墅，并且编造了一个“准备毕业论文”的正当理由。

由于拜托当地人定期过来打扫，别墅的卫生状况还算不错。加上舅舅已经事先安排好，现在水电、天然气一切正常，电话也能拨通。虽然是平房，只有卧室、书房和LDK①，但生活起居非常方便，丝毫不显狭窄，通风、日照也都不错，最重要的是，还能凭窗近距离观赏姬乃湖的湖面风光。

总之，接下来的一个月内，他将一直住在这里。当下最大的任务就是抓紧将那本作为论文题材的德语原著啃完。由于长时间

①LDK：起居室、客厅兼厨房的缩写。

地疲劳驾驶，第一晚，他很早就睡着了。

他睡得又香又沉——梦见了很多令人怀念的人和事。夜里醒过来一回，心情仍然沉浸在曼妙的感觉中。虽然记得不是很清晰，但他感觉自己离以前的幻想世界越来越近了。

2

翌日——七月二十一日。

过了晌午拓也才挣扎着起床，正想冲杯咖啡提提神，这时一阵敲门声响起。

这个时候会有谁来敲门？左思右想之后，他勉强理出些头绪，大概是山脚村落里的别墅管理员特意赶过来瞧瞧房子吧。

“来了。”

拓也慌忙穿过起居室，来到门口。他听见外面传来车子引擎的声音。

“请问是哪位？”

“呃，我是……”

来访者是女性，带着些许为难的语气回答道：“我是受园城寺先生之托而来。”

拓也听出来了，是昨天那栋洋房里的女家庭教师。“啊，来了，稍等。”

拓也迅速脱下睡衣，换上运动服，睡眼惺忪地打开门。

“你还在休息吗？”

女孩有些不好意思。

“呃，没有……”拓也揉了揉眼睛，回答道。

“这是园城寺准雄托我还给你的。”

说着，女孩拿出折叠整齐的手帕递给他。是昨天给麻堵包扎伤口用的。

“啊，真不好意思，其实丢掉就好，不必特地送过来。”

“他还再三叮嘱我，一定要向你再次道谢。”

“真的没什么。”

女孩今天一袭白衣，看起来更像看护专业的学生，拓也有些出神。昨天就觉得女孩很可爱，近距离看确实如此。

“对了，能不能替我向孩子们道个歉？”

拓也边用手摸着头发，看看有没有凌乱，边略带歉意地说道。

“昨天都是因为我，他们被父亲狠狠教训了一顿，我觉得很抱歉。”

这是拓也的心里话。再怎么说，如此严厉地教训孩子，不像是那位绅士的作风，除非是故意做给拓也看。

“你真是好人。”

女孩微笑着说道。

“不过，你不用放在心上。”

“为什么？”

“园城寺准雄本来就对孩子们特别严格，孩子们没少挨训。”

“就像昨天那样吗？”

“嗯。”

“那，孩子的妈妈不管吗？”

“呃……”

她刚要回答，这时厨房里传出类似火车鸣笛的尖锐声音。

“啊，糟糕！水壶还在烧着。”拓也挠挠头。

“方便的话，进来喝杯咖啡吧，水刚烧好。”

“谢谢，不过——”

女孩轻轻回头。

“车子还在等我呢。”

顺着女孩的视线，拓也看到一辆黑色运货车停在路边，引擎还在响着。驾驶座上坐着一个身穿褐色衣服、胡子拉碴的男人。

“他也住在那栋房子里？”拓也问道。

“嗯，他叫佐竹——是别墅的用人，他和妻子都住在那里。呃，真的很抱歉，下次有时间我一定过来，那么我先告辞了。”

“等一下，呃，还没问，你叫什么名字？龙川吗？”

“我叫遥佳，龙川遥佳，请多多关照。”

女孩简单地点头示意后，正要转身离去，像是想起什么似的，说道："那两个孩子，似乎很喜欢悠木君，说不定会偷偷跑过来玩哦。"

3

Die Städteordnung von 1808 und die Stadt Berlin——大体可译为《1808年的都市条例和柏林市》。作者是卡尔·克劳塞维茨，出版于1908年。

为了写论文，这是必须读完的一本著作。

随便填饱肚子后，拓也便快步来到书房，翻开书桌上的复印文件。

拓也喜欢读书，也喜欢创作。以前他就很擅长写文章。

曾经有一段时间，大概是小学四五年级到上高中之前，他经常把脑海里幻想的种种故事写下来，整理成各类文章，如童话、科幻小说等，然后拿给小伙伴们阅读，当时很受追捧。

但是自从意识到要考高中，这个爱好便被扼杀。与此同时，他的兴趣也由空想的故事转变为有现实意义的历史，考大学时更是毫不犹豫地选择了文学院的史学专业。

这是考进大学后拓也第一次埋头苦干，而且是打着"写论文"的旗号。他心里没底，便去向研究生前辈们请教。前辈们说，必须先确定好题目，攻读一两本相应题材的著作，之后写出来的论文差不多就能通过考试。

说起论文，充其量不过是两万字左右，具体来说应该是每页四百字的稿纸写个五十来页，这也没什么难的，他觉得自己完全可以应付。但现在最大的问题就是这本德语原著。

书相当厚，而且是全编，纯德语——那种“哥特体活字”。虽然早有准备，但还是不得不承认这本书真的很难。拓也翻着字典，啃着铅笔，才看了两三页就有些喘不过气。

下午四点半——

虽已临近傍晚，太阳还是高高挂着，天气也不错。拓也想出去散散步。

与在书桌旁挨时间不同，拓也脑海里一蹿出这个想法，随即起身走向大门，一分钟都不耽搁。

日照仍然很强，空气却很清新，时不时还有凉丝丝的风吹来，沁人心脾。拓也踱步在树荫下，才切切实实地感受到，没有沥青、柏油路的夏天是多么惬意。

伴随着蝉鸣声和叽叽喳喳的鸟叫，拓也漫步到湖边。湖虽然小，却更显深邃。他一边欣赏着湖面风光，一边不自觉地来到昨天经过的地方。

（那两个孩子……）

拓也不由得想起昨天的事情。

（那栋洋房……）

他想起两人看到奔驰车停在前院时的反应，恐怕那时两人就已猜到父亲会（像以前一样？）大发雷霆吧。

为什么园城寺准雄会用如此残酷无情的态度对待自己的孩子呢？为什么要对那么漂亮老实的孩子甩耳光……

如果说那是他的教育方式，也太过火了吧，拓也总觉得哪里别扭。

似乎有些地方说不过去，但具体是哪里呢？

那两个孩子也给他同样的感觉。

他们确实很漂亮，就像天使，或者说像森林中栖息的精灵一般……

尽管如此（不，也许正因为如此），每当想起两个孩子的样貌，拓也的内心深处总有一股莫名的嘈杂在涌动，很奇怪，也很危险。

为什么会有这种感觉？

拓也左拐进入森林。湖边有条笔直的小路，有些狭窄，只容得下一人行走。

突然，关于这条小路的零碎记忆闪过脑海。

——十年前的那个夏天，一个十二岁的少年，独自一人沿着这条小路行走……

他想继续跟随记忆进行场景描摹，从位置上来看，这条小路似乎是通向园城寺家。

最终他还是没走那条路，而是沿着昨天来时的路前行，因为他需要确认一些东西。

道路两旁还是一片郁郁葱葱，他略微加快脚步，目光触及地面时，还依稀可见几条车轮轧过的痕迹。

(时间再充裕些就好了。)

他说的是那位家庭教师——龙川遥佳在他家待的时间。

虽然只有简短的几句对话，拓也却觉得她很有魅力。身材瘦小，长相可爱，正是他喜欢的类型，而且她看起来很聪明。

(还有……)

抛开她自身的优点不说，关于雇用她的那家人，他还有很多东西想问问她。

园城寺准雄是什么背景，为什么会在如此偏僻的地方建造这般奢华的别墅?

那栋别墅里住着多少人?

实矢和麻堵、名叫“雅代”的中年妇女（园城寺准雄口中的“妹妹”）、用人佐竹和他妻子。两个孩子的母亲应该也在吧。还有，昨天和两人一起玩的叫“小亚”的孩子?

他已经完全忘记刚才那些蹩脚的哥特体活字，开始专注地思考那栋豪宅的事情。

不一会儿，他便来到昨天驻足的地方，从右手边的森林缝隙中可以清晰地看到白色洋房的后面。拓也停下脚步，抻着脖子往那边眺望。

如果没有记错，应该是最靠边的那扇窗户，二楼右手边……

（——还在那里。）

拓也想确认的就是这个。

今天比昨天稍微晚一些，但是今天也在—— 一样的轮廓，一样的位置。他只是抱着侥幸来到这里，却没想那个人影依旧在那儿——

坐在窗边，一动不动……

4

孩子目不转睛地盯着他。

头发非黑非褐，是一种不可言喻的颜色。皮肤很白，滑溜溜的，睫毛很长，眼睛很大——瞳孔里还带着些许淡淡的怪异色彩。

孩子神情很不安，像在害怕什么。

“你多大了？”

对于拓也的提问，孩子没有自信地举起右手，伸出四个手指。

“嗯。是那栋豪宅里的孩子吗？”

“……”

“你叫什么？”

"……"

昏暗的地方，顶棚很高，感觉有些空旷，亦有些寒意。外面下着大暴雨，电闪雷鸣。

"不用担心，等雨停了，我送你回家。"

"……"

"你能说话吗？你害怕打雷？"

"——我要回家。"

孩子忧心忡忡地说道，拓也有些吃惊。

"你说要回家，你不是迷路了吗？"

"——我要回家。"

"等等。外面下着大暴雨呢，还打雷，出去会被劈死的。"

"可是……"

"没关系，这是傍晚下的骤雨，不会太久，再稍微等等吧。"

"……"

"真败给你了，看你那副要哭的样子——好吧，那么……"

……嘎……嘎、嘎、嘎……

是乌鸦的叫声吧。

说起来昨天听了一天的鸟叫，竟然不记得有乌鸦的叫声。是不是因为这里名叫乌裂野，即便有乌鸦飞过……难道是"裂"这个字的问题？乌裂野——"将乌鸦劈开的地方"——原来如此。如果地名的由来如自己所想，那么这个地方应该很久之前就没有乌鸦了吧。

……嘎嘎……

……呜呜……哇……

(——嗯？)

……嗒……嗒嗒嗒……

……喂！

……等等我。

(喂，等等我？)

世上有这样叫的鸟儿吗？

拓也猛地从梦中惊醒，抬起头来。

只见自己胳膊肘下枕着厚厚的德语词典，地板上散落着各种笔记，硕大的烟灰缸里盛满烟蒂，还有几根尚未燃尽的烟头——可见自己昨天有多用功。

俗话说，万事开头难。有个好的开始，以后就能顺利很多……

拓也本着这样的打算，昨晚一直努力攻读哥特体活字，后来竟不知不觉地睡着了。

揉着发酸的肩膀和头，拓也往起居室走去。窗外——太阳早就高高挂起，照得湖面一片明媚。

(不是鸟叫声……)

刚才的确是人的声音。

(难道是那两个孩子？)

实矢和麻堵吗？是那两兄弟过来玩？还是……

刚才做梦了。梦见自己在昏暗空旷的建筑物中，和一个小孩说着话。外面下着大暴雨……

（是梦吗？不对，等等！）

拓也感觉自己有些精神恍惚，似乎脑袋的某个角落，有些东西正蠢蠢欲动。

（呃，那的确是……）

“咚咚！”

这时，敲门声响起。

“中午好。”

声音有些耳熟。

“中午好，大哥哥在不在家？”

（果然是那两个孩子。）

拓也看看手表，已经是下午一点半了。

“来了来了。”

拓也打开门，看见门外一模一样的两张脸。“中午好。”

“中午好。”

同样的声调，一前一后向拓也袭来。下面还是半裤，上身却换成了 POLO 衫，颜色同前天一样，还是一黄一绿。也就是说，右边黄色的应该是弟弟麻堵，左边绿色的是哥哥实矢。

“中午好。”

拓也抬起手招呼道，声音明显有些慵懒。目光落在右边少年膝盖上的纱布——果然，右边是弟弟。

“有什么事吗？”

拓也问道，眼睛却仍在打量两人。

“要是被你们父亲知道了，又要挨揍吧？”

“没关系的，这里又不算远。”

左边的少年——实矢回答道。鲜艳的红色刘海下，那道旧伤疤时隐时现。

“况且，爸爸已经回去了。”

“回东京吗？这么快？”

拓也揉了揉眼睛，仔细注视着两人。他们已经没有第一次见面时的紧张，白皙的脸上露出迷人的略带羞涩的微笑。

“你们的父亲可真是个大忙人。”拓也叹道，“进来玩吧。”

“呃，我们是受老师之托来的。”麻堵说道。

“老师？你们的龙川老师吗？”

“嗯。”

“她说什么？”

“她让我们把这个交给大哥哥。”

说着，实矢从裤兜里掏出一张白色折纸。看得出来，这是用笔记本的其中一页折叠而成，有棱有角，形状保持完好。龙川应该学过“女子折纸”吧。

“哦。”

拓也抑制住心跳，尽量装作若无其事，伸出手接过折纸。“好不容易来一趟，进来坐会儿吧。口渴了吧？”

5

给孩子们拿了果汁，拓也便开始烧水，准备冲咖啡。可能因为圆木外露的构造比较稀奇吧，两人轻声坐下后，便开始东张西望。

“实矢，快看快看，那里有张人脸哦。”麻堵指着顶棚附近的墙壁，兴奋地喊道。

“——啊，真的呢。”实矢回答道。

拓也吓了一跳，这屋里明明只有我自己啊。他慌忙顺着麻堵的手指望去，原来是墙壁的木头纹理有点类似人脸。

“他还在瞪着这边呢，真可怕……啊，快看，桌子上也有。”

“桌上的这张脸好像在害怕什么似的。”

“一定是因为顶棚那张脸在瞪他，所以他才害怕。”

“也许是吧。”

拓也一边听着两人天真的对话，一边打开折纸。映入眼帘的是一丝不苟的铅笔字。

我有话想跟你说，午后四点，去你那里行吗？

遥佳

（有话想跟我说？是什么呢？）

拓也有些不解。不过能受到美女的主动邀约，心里还是很高兴的。他不由自主地抿嘴微笑。

将纸条收进T恤口袋，拓也端着冲好的浓咖啡来到桌边。“麻堵君，膝盖好了吗？”

“嗯。”麻堵点点头，“前天真的很抱歉。”

“不，没什么。”

“除了父亲，现在家里还剩几个人啊？”

“我想想。”

麻堵的腿不够长，坐在沙发上脚还不及地。只见他一边晃悠着小脚，一边一本正经地开始数指头。

“有我、实矢和妈妈，还有奶奶、雅代姑姑、佐竹叔叔和阿邦婶婶，还有老师。”

“一共八个人。”实矢补充道。

“八个人啊——小亚不和你们住在一起吗？”

听到拓也的问话，两人脸部有些僵硬。

“就是之前和你们在森林里玩耍的小亚，他是附近别人家的孩子吗？”

“……”

“……”

两人迅速转移视线，不再看着拓也，明显不想作答的样子。

“你们现在读几年级？”

拓也开始转移话题。

“三年级。”

麻堵回过头来说道。

拓也点点头。

“实矢君是四年级吗？今年春天应该刚升学吧——小亚今年多大了？”

“……”

“告诉我也没关系吧。”

“……十四。”

也就是说，小亚应该上初二或者初三，年龄比两人大很多。如果是这样，一切都能说得过去。小亚是住在附近村子里的孩子，经常上山来找他们玩。

“小亚应该是男孩吧？”

“是啊。”麻堵有些为难地回答，“呃，小亚的事情是个秘密，呃……”

“麻堵。”

实矢像在提醒麻堵，适时地打断他的话，随后便再次转移目光，闭口不语。

“我明白了，是秘密对吗？”拓也看看两人，说道，“对家里人也保密吗？”

“……”

“……”

“被你们父亲知道的话，他会生气对吗？”

“——嗯。”

麻堵侧着脸回答。“岂止生气，他还会揍我。”

“这样啊。”

拓也决定不再追问，随便叼了根烟，转向别的话题。

“对了，二楼最靠边的房间是谁的？从后面看应该是——最右边。”

“你是说妈妈的房间吗？”实矢立即回答道。

“你们的妈妈……是不是头发很长？”

“嗯。”

原来那个人影是孩子们的妈妈啊。

“她一直那样往窗外看吗？别误会，我昨天散步经过房子后面，碰巧看见她的身影。”

“妈妈，不能说话。”麻堵说。

“不能说话？”

“嗯，她病了。”实矢确定地回答。

“她一直一动不动地坐在那里发呆，我们每年放假都会过来看她。”

“哦，这样啊。”

拓也并没有追问是什么病，但是他总算明白两个孩子的老师为什么必须是学看护的学生。因为这样，既可以给孩子们上课，又可以顺便照顾他们的母亲，一举两得。

“给你们看个有意思的表演吧。”

觉察出两个孩子的消沉，拓也抬高声调说道：“看好喽。”

说着，拓也从裤兜里掏出零钱包，拿出一枚百元硬币。“接下来，我要给硬币施魔法了。像这样，用力。”

拓也先是用右手拇指和食指拿着硬币，将樱花面朝上，轮流给两人看了几遍，随后将硬币换左手拿，右手掏出一根烟。

“看好喽，将烟这样……”

只见他将烟的过滤嘴抵在硬币中间，开始用力地慢慢地捻，接着，奇迹发生了，烟就这样硬生生地穿透了硬币。

“哇！”麻堵欢呼起来，“烟把硬币穿透了！”

“太棒了。”

实矢也很激动。那双迷人的褐色眼睛正骨碌骨碌地直打转，他兴奋地问道：

“真厉害，为什么会这样？”

拓也衔住穿透硬币的过滤嘴，将烟点着。“噗”地吹了一口气,慢慢地将它往外拔。待完全拔出后,拓也用手抚摸硬币。“呐,像这样。”

“哇，竟然又恢复原状了。”

“好厉害！”

两人激动的反应倒是有些出乎拓也的意料。其实，这个魔术名叫“穿透硬币的烟”，最近被冠以“超能力魔术”的称号经常在电视上播出。但是，这两个孩子似乎没有看过。

“刚才的魔术，电视上经常演，你们没看过吗？”拓也将硬币放回零钱包后问道。

两人使劲摇摇头。“我们不能看电视。”麻堵说道。

“为什么？”

“大家都看的节目，我们就不能看。”实矢回答，“爸爸这样规定的。”

不准孩子看娱乐节目？现在竟然还有父母这样教孩子。比起超能力魔术，拓也更讶异于这一点。

“喂喂，大哥哥。”

麻堵将身子趴在桌上，乞求道：“再给我们表演一次吧。”

“不——行。”

“为什么？”

拓也一本正经地说道：

“这个表演需要特殊能力，不能连续做两次。”

6

龙川遥佳果然准时到来，因为拓也让孩子们捎话回去：“请你们老师过来吧。”

可能是由于突然到访，她显得有些抱歉，感觉比昨天还紧张。简单寒暄几句后，拓也便开始在厨房里张罗咖啡。

“……T大，还要考研究生，不错，是精英嘛。”

起居室里，遥佳将胳膊肘抵在桌上，双手托住圆圆的脸蛋，略带调侃地说道：

“可是我怎么一点都看不出来呢？”

“怎么说？”拓也一边摆着杯子，一边苦笑道，“因为我穿得太邋遢？”

“不是。你看，说到T大，里面的学生给人印象大多是严肃、乖僻吧。可是你不同，又喜欢孩子又爽快直率。”

“那可真得谢谢你啊，这么抬举我。”拓也不好意思地挠挠头，“事实上，我不喜欢孩子，一个个的又吵又任性。就说这个夏天吧，因为姐夫长期出差，姐姐一个人在家，她便带着小外甥回家住。我实在受不了小外甥的吵闹，才苦苦哀求舅舅，逃到这儿来躲清静。”

“但是那两个孩子——实矢君和麻堵君，真的非常喜欢悠木君呢。你刚才是不是给他们表演魔术了？他们逢人就说大哥哥好厉害，是大魔法师。”

这么说来，表演完魔术后，两人确实一边参观书房和卧室，一边说着悄悄话，拓也隐约听见一些（魔法师……魔法师……）字眼。

“呃，怎么说，感觉那两个孩子有些与众不同。”

“你也这么觉得？”

“嗯，可能我说这话有些奇怪，但我真的从没见过那么漂亮的孩子。虽然有些童真，但就连那份童真……也让人觉得不可思议……龙川你认为呢？”

“像是生活在异世界里。”遥佳突然眯起栗色的眼睛，幽幽地说道，“和我们不一样的世界……我也不知道为什么会有这种感觉。”

“他们说，父亲不允许自己看娱乐节目，是真的吗？”

“嗯，像园城寺准雄的教育方式。”

“这样的话，他们在学校里能合群吗？”

“我也不知道。我是周一才和两个孩子第一次碰面，现在还不太了解。”

“周一？十七号吗？”

“嗯，从放暑假开始。两个孩子上的是私立学校，所以比普通小学放得早。”

拓也端着咖啡离开厨房，来到遥佳身边。

“只是速溶咖啡，请别嫌弃。”

“谢谢。”

拓也端着杯子坐回椅子上，又看了看桌上的纸条，目光转向遥佳，问道：

“有什么话就说吧，来这里不会只是聊聊家常吧。”

“光聊聊家常也挺好啊。”

看着方形的奶块完全融化在咖啡里，遥佳有些调皮地笑了笑，她的嘴唇很薄，唇色也不错。之后遥佳紧闭双唇，正色问道：

“你知道今年四月发生在这里的命案吗？”

“命案？不知道啊，出什么事了吗？”

“园城寺家雇用的女学生朝仓香里，四月死在了森林里。”

“啊？”

突然听到“命案”“死”之类的词语，拓也有些惊慌。“究竟是怎么回事……”

“大家都说是事故。说她在森林中摔倒，倒下去的地方正好有一截树茬，直接刺穿她的喉咙。”

“朝仓香里，不会是在你之前的一任老师吧？”

“是的。”遥佳轻轻地点点头。

“她不只是我的上一任，还是我的好朋友。我们在同一所学校，同一个班。”

“就是你现在的学校？”

“嗯，她从去年秋天开始在园城寺家打工。”

“也做那俩孩子的老师？”

“是的，整个冬天都在他们东京的家里补习，每周三次。”

“冬天不来这里吗？”

“冬天这里积雪太多，除了佐竹夫妇，大家都不在。”

“哦。”

“因为那两个孩子上的是教会性质的私立小学，没有英语课，所以他们要找英语教师。”

“这样啊。”

“学看护的学生教小学生英语，是不是很奇怪？”

“啊，关于这方面……”

拓也跟遥佳大体描述了一下刚才和两个孩子的对话。简单来说，这并不奇怪，是跟他们母亲的病有关。

“原来是这样。”

遥佳恍然大悟似的点点头。“可是，他们的妈妈也不是那种必须要人照看的状态，吃饭、上厕所都能自己解决。除了孩子们每年放假来这边的时候，并没有其他人专门照顾她。”

孩子们说，妈妈不能说话，整天呆坐在窗边眺望窗外，这算是精神病吧。什么时候竟能自己吃饭、上厕所了？

拓也将心中的疑问说出。

“呃，与其说是病，倒不如说是受到了某种惊吓。大概是从去年夏天开始，具体什么原因我就不清楚了……”遥佳有些迷惑地摇摇头，继而说道，“呃，话题有点偏了。我想说的是，我不相信香里是意外死亡，所以……”

“你是为了挖掘真相而来？”

“也不能这么说，我只是很在意她在什么地方死的。而且以前我就听她提起过这些孩子，本身就有兴趣。”

“她是怎么评价这两个孩子的？”

“嗯，和我们一样，感觉他们不是这个世界的人，她还说很害怕。”

“害怕？”

“嗯，莫名其妙地害怕。”遥佳稍微歪了歪脑袋，“所以，上个月底看到这里的招聘广告时，我想也没想就过来了……”

“原来如此。”

拓也捋着自己细细的下巴，意味深长地说：“那你为什么特意跑过来跟我说这些？”

“——因为我心里没底。”一直盯着拓也的遥佳，此时倏地低下了头。

“昨天我们才第一次说话，今天我就跑来跟你说这些，是不是很冒昧？”

“不，不，没关系。”

“虽然孩子们比预想的和我亲近，但我总觉得，那个家的整体氛围和家里人的神情有些奇怪，所以心里渐渐有些害怕……而且——”

遥佳稍微顿了顿，又抬起头来。“香里死的时候，我听说了一件奇怪的事情。”

“奇怪的事情？”

“嗯——事故好像发生在四月五号傍晚，那天直到深夜她还没回家，那家人便动身出去寻找，但是当天没有找到。等到次日清晨发现她的时候，就像我刚才所说，她已被树茬贯穿喉咙而死。他们的解释是香里走路不小心，绊倒的时候正好有截树茬……但奇怪的是，她的头发竟然短了……”

“头发？”

刚想叼烟的拓也吃了一惊，停下来直眨眼睛。“怎么回事？”

“香里以前的头发又黑又亮，而且很长，差不多及腰。但是事故发生后听人说她的头发被剪短到肩膀。”

“头发被剪短……为什么？”

“警察也觉得蹊跷，还仔细观察过。头发像是刚剪的，断口还很新。”

“不是她自己剪的吗？”

“警察是那么判定的。”

“你觉得不是？”

“嗯，我觉得很奇怪。因为香里平时很珍惜她的头发，如果不是特别重大的事情，她是不会突然把头发剪短的，而且听说还剪得乱七八糟。”

“哦？”

拓也夹烟的手指停住，小声问道：

“那的确是有些奇怪——刚才的这些，你是从哪里听来的？”

“邦江。就是昨天那个用人的妻子。”

咖啡已经变温，遥佳双手捧着杯子，小啜了一口。“假设那是人为案件，那么他为什么要故意把头发剪掉？”

“可能是过度迷恋头发的变态狂也说不定啊。”

“邦江也这样说，但是，我不觉得变态狂会来这荒无人烟的深山里。而且我盘查过，山脚的村落里也没有类似可疑的人。就是因为案子没有其他疑点，最终还是被当作意外稀里糊涂地掩饰过去了。”

拓也小声应道：“听起来有些恐怖。”

“对吧？所以我想讲给某个人听。倒不是想挖掘真相，主要是我还得在那里待满一个月。”

她的目光里夹杂着恐惧与不安。拓也绞尽脑汁，也想不出该怎么安慰她。

“呃——那么，我也该走了。”遥佳看看手表，站了起来。

“上课时间到了？”

“哦，不，我还得帮忙做晚饭。”

拓也还有很多问题想确认，但也无法再挽留，只是心中有个疑团必须解开。他拉住遥佳，试探性地问道：

“我说，龙川？”

“怎么了？”

“你知道有个叫小亚的孩子吗？”

“小亚？”

遥佳瞪大眼睛。“不太清楚啊……”

“——不知道吗？”

“谁是小亚？”

“实矢君、麻堵君好像经常和一个叫小亚的孩子玩耍，前天麻堵君之所以突然从森林中冲出来，似乎就是因为小亚在追他。”

“——是吗？”

“不过他们家里人好像不知道，他们说要是被父亲发现，又得挨骂。”

“那个小亚是哪里的孩子？”

“我也不清楚。对了，这附近还有其他别墅吗？”

“没有，据我所知应该是没有。”

“那可能就是山脚村子里来玩的孩子，听说大概有十四岁……”百思不得其解的拓也仍然困惑着，然后站起身说道，“我开车送你回去吧。”

“不用了，谢谢。沿着湖边走应该很快就能到，我自己可以的。”遥佳说着，伸手拽了拽淡紫色夏衫的裙摆。

“不好意思啊，打扰你学习。”

“哪里哪里，没有的事。”拓也不假思索地摆摆手笑道。

“以后要常来啊。美女到访，欢迎之至。”

“谢谢你听我唠叨，现在心情轻松多了。突然对你说些莫名其妙的话，真的很抱歉。”

“没关系。”

“那么，再见。”遥佳微笑着说道，“下次能让我看看你的魔术吗？”

“当然，给你表演个特殊的。”拓也笑着回道。

第四章　魅影的耳语

小亚，我跟你说，实在是太棒了。对吧，麻堵？

嗯。

太神奇了，百元硬币竟然轻而易举地被烟穿透了呢。

呃……

大哥哥说那是特殊能力。

没有作假吗？

没有，对吧？

嗯，没有，那绝对不是作假。

就是普通的百元硬币，我们都看过了。香烟也是真的。

嗯，大哥哥还点着它吸了一口呢。

他说那是特殊能力，小亚，你说那是不是“魔法”？

……魔法确实是特殊能力。

但是也有“好魔法”和“坏魔法”，不是吗？那位大哥哥的魔法是好还是坏呢？

肯定是好的。

是吗？

因为大哥哥是个好人啊。

……真的吗？

真的啊，小亚。

可是，他看起来很在意小亚的事情啊。

嗯——不行，麻堵。小亚的事情是个“秘密”。

可是……

……不能跟他说。

小亚……

秘密必须保守，否则……

……也对。

是啊……

1

她真美，遥佳心想。听说已经快四十岁了，但从她脸上却一点儿都看不出岁月的痕迹。

比起孩子们的红发，她的头发略显黑色，又细又软的大波浪一直垂到腰间。皮肤白皙得近乎病态，愈加突出她那张樱桃小嘴的娇艳欲滴。纤瘦的下巴线条，完美无瑕的鼻形，以及——

浓密睫毛下那双褐色的眼睛。每每望去，都仿佛噙着泪一般，湿润的瞳孔里带着些许难以形容的哀怨，目光空洞地望向窗外。

（她在看什么呢？）

窗外是广阔的后院，再往外便是无边的森林……

现在已是黑夜，外面什么都看不见，不过后院深处有片盛开的玫瑰花丛。花丛中有尊白鹿雕像，遥佳觉得她可能是在看这个。可是——

“一直这样看，到底有什么好看的呢？”

即便问她，她也不会回答，也不知道她能否听见自己讲话。她甚至连头都不回，只是深埋在窗边的安乐椅上，默默地望着黑暗的窗户。

“夫人，您在看什么？是那只鹿，还是……”

尽管得不到回答，遥佳还是时不时地跟她说说话。比如吃饭的时候，喝茶的时候，还有像这样，晚上就寝前的片刻，到二楼尽头的屋子来陪她坐坐。

这也是园城寺准雄拜托她的事情。

她，是园城寺准雄的妻子，实矢和麻堵的妈妈——园城寺香橙。她是混血儿，父亲是日本外交官，母亲是瑞典人。所以，她与园城寺准雄的孩子——实矢和麻堵也有着四分之一的北欧血统。

遥佳第一次见到园城寺准雄，是三周前在东京羽根木的园城寺宅邸中，当时正在进行家教招聘的面试。

虽然不太清楚他的具体职业是什么，但他的确是个能干的实业家。听人说他掌管着好几家公司，其中还包含画廊和珠宝店的生意。

总之，仅从他居住的宅邸规模上便可看出，他拥有相当的财富和地位。

他有着英国绅士般的气派，言谈举止颇为诚恳，却又不容分说的威严。在豪华客厅里与他面对面的遥佳，紧张感始终贯穿全身，以至于他问了些什么问题，自己又是如何作答的，她都记不清楚了。

虽说暑假完全泡汤，但不得不说这是份待遇相当不错的兼职。应聘者不在少数，遥佳甚至觉得有些不可思议，自己怎么会如此轻而易举地被选中？

但这似乎是有原因的。决定雇用她之后，园城寺准雄不经意间说出的一句话让她稍微有些头绪。

“你和我妻子年轻时候很像。”

总之，工作时间是整个暑假，所以她来到这里，除了教孩子们英语课之外，她还被安排了另外一项工作，那就是经常和香橙说说话。

说起来，园城寺准雄会买这么偏僻的洋房作为别墅，听说就是为了他的妻子香橙。

据说，这栋洋房是很久以前来到这里的外国传教士所建，之后便一直无人居住，长期荒芜着。十几年前，园城寺准雄将它买下，并进行了大规模的修整。

“香橙看起来对这里很满意。”

遥佳是从和孩子们一起来到这里的准雄的母亲——园城寺初子那里听说的。

“具体我也不是很清楚，只是经常听她说，对这片森林感觉很熟悉，能让她想起母亲的故乡，每次来到这里都能让她放松身心之类的。”

老太太今年已经七十多岁了，头脑似乎已经很不清醒，但却经常用和蔼可亲的语调和遥佳搭话。

遥佳没有见过北欧的森林。但是老太太越是这样说，她就越发感觉这一带的森林氛围确实与其他地区的森林有些不同。

听说香橙是从去年夏天开始不说话的，一直坐在窗边度日。她为什么会变成这样？没听准雄说过，但是很容易就可以猜到，她一定是受到某种非常巨大的精神打击。

说是让遥佳经常和她说说话，但她一直这样顽固地封闭着自己的心灵，不管跟她说多少话，她都不会回答。即使这样，你还是得跟她说话——准雄这样回答道。他还说，要是持续有耐心地坚持下去，说不定哪天她就会打开心扉。

“夫人，”遥佳再次跟她说话，“我觉得实矢君和麻堵君真可怜。我知道园城寺老爷是想严格管教那两个孩子，但是这种做法……”

香橙的表情没有一丝变化，依旧用哀怨的眼神凝视着窗外的黑暗。

“园城寺老爷是不是讨厌那两个孩子？我总感觉……”

这时，细小的敲门声传来。

“谁啊？”

遥佳披着披肩站了起来。“请进。”

只见把手转动，门悄无声息地打开了。走进来的是身穿不同颜色睡衣的两个孩子。

现在是晚上九点多，正是两人快要睡觉的时间。

“老师，大哥哥有没有表演魔法给你看？”麻堵快步走过来，问道。

“没呢。约好下次表演给我看。”遥佳微笑着回答，“说是今天给你们表演了，有些累。”

“果然是特殊能力。对吧，实矢？”

“嗯。”

实矢特别乖地点点头。“老师觉得那位大哥哥是好人吗？”

“嗯，像个好人。”

“是吗？”

“太好啦，实矢。大哥哥果然是‘好魔法师’。”

“对啊。”

随后两人便走向坐在窗边的香橙，围坐在椅子两旁，对着不说话的母亲说道：

“妈妈，晚安。”

“晚安，妈妈。”

其他人跟香橙说话，她都没有反应，一动不动。不过，此时听见两个孩子的声音，香橙却有了微妙的反应。她目光的焦点突然聚拢，红唇嘴角露出一丝微笑……是的，确实是一丝微笑。

“希望妈妈能够早点开口说话。”实矢说道。

“加油啊，妈妈。”麻堵说道。

香橙什么都没有说，只是缓缓地朝着站在两旁的孩子们微笑着。之后，两人又道了一声“晚安”后便离开了。

“这两个孩子真漂亮啊！”

遥佳对着再次回归虚无表情的美丽的母亲感叹道。“真的很漂亮……”

实矢和麻堵两兄弟明显长得像妈妈，尤其是那过于白皙的肤色，根本不像日本人。虽说园城寺准雄是个英俊的男人，但从两个孩子身上却一点儿都看不出他的模样。

准雄说遥佳长得像他妻子年轻的时候，遥佳觉得太不可思议了。看看自己直直的短发，偏黑的肤色，睫毛也不像香橙那么长，鼻子和嘴唇更不用说……可能唯一相似的就是，两人的身材都偏瘦小。

但是，“像”与“不像”这种评价，本身就是非常主观与微妙的。谁都会有这样的感觉，客观上长相截然不同的两人，总觉得哪里相似。

比如，今天说话的那个青年，悠木拓也。

前天在门口第一次看见他的时候，遥佳就突然觉得，他和自己的哥哥很像。

遥佳的哥哥五年前离家，是一流公司的精英，一年前因为工作关系去了美国。虽然见过他的朋友都一致感觉他很冷漠，但对遥佳来说，他一直都是头脑聪明又可靠的哥哥。

总觉得悠木拓也和哥哥哪里相像。

牛仔裤、满是皱褶的T恤、长发……明显和哥哥大相径庭。不管是体格还是相貌，两人都没有共同之处。但是还是觉得哪里像——难道是拓也开的车和哥哥学生时代的“甲壳虫”一样的缘故？

不管怎样，正是因为这样的第一印象，遥佳才决定今天去拜访他。

“夫人。”

遥佳望着昏暗玻璃上映着的香橙的脸，问道：“您知道‘小亚’

这个名字吗？”

当然，遥佳没期望能够得到回答，只是突然想起傍晚拓也说的话，随口问问而已。

“好像是个上初中的孩子，经常和实矢君他们一起玩……”

遥佳还没说完便不自主地停了下来，因为她看见玻璃窗上映着的香橙突然表情狰狞。

是动摇？惊慌？还是错愕——那是一种很难用语言形容的表情。

遥佳吃了一惊，直直地盯着香橙，问道：

“夫人，您怎么了……”

香橙的眼睛睁得很大，嘴唇还在微微颤动，但是——

那只是一瞬间。如同水面扩散的波纹又恢复平静一样，香橙没有发出声音，便又恢复到原来的木然状态。

2

当晚，遥佳遇见一桩诡异的事情。

为了方便照顾香橙，遥佳的房间被安排在二楼，离香橙的屋子不远。晚上十一点半的时候，遥佳躺在床上，借着台灯的光亮读了会儿书，正感觉眼皮越来越重——

突然，屋外的地板吱吱作响。

山间的夜晚，虽寂静无比，但还是充满无数声音：栖息在森林中的虫儿们孜孜不倦的叫声，循着光亮而来的甲虫们偶尔撞到纱窗的声音……

但是，遥佳听到的声音却不是从窗外传进来的，而是从门外。

——是谁在走路？

这是一栋相当古老的木造建筑，虽说修葺过，但已是十几年前的事情了。每当行走在走廊或是台阶上时，都会发出连本人都有些吃惊的巨大声响。

就是那种声音。

咯吱咯吱，清晰地听见声音只有一次。仔细聆听，虽然步子细小且断断续续，但确实有人的脚步声在继续。遥佳隐约感觉那应该是慢慢上楼（或是下楼？）的声音。

（谁……）

已经快晚上十二点了。遥佳稍微有些困惑，这么晚了，会是谁还在家里走动？

（是谁呢？）

来这里差不多已经一个星期了。根据她的经验，这个时间，家里的每个人都应该在屋里睡觉才对，不应该还在走廊或者楼梯上啊……

如果她的直觉正确，这人是上楼的话，那至少说明他不是出来上卫生间的，因为一楼和二楼都设有卫生间。

不算遥佳，这栋洋房里还有七个人。园城寺香橙、实矢和麻堵、园城寺初子、准雄的妹妹安达雅代，还有用人佐竹周三和妻子邦江。

其中，实矢和麻堵、初子，还有佐竹夫妇，共五人住在一楼。孩子们的房间正好在遥佳的下方，祖母初子的房间应该也在附近，佐竹夫妇则在一楼与之相对的那一侧的尽头。是他们其中一人到二楼来，还是——

香橙不可能自己一人出来行走，那么就只剩下安达雅代了。是她吗？这么晚了她是为什么？

遥佳思考这些也不过是一两秒而已。

她将书塞进枕头底下，侧身起床，小心翼翼地走向门口。

脚步声的主人是谁？她无论如何都想弄明白，难道这深山别墅里还会有小偷不成。

这栋房子用来当别墅还是太大，硕大的脊檩纵贯整个长长的走廊，两侧是清一色的房门。平常用不到的房间肯定不在少数。

走廊很暗，出门左手边，要走很远一段距离才到楼梯，那里几乎可以说是别墅的中央。

就在楼梯那里，有光在一闪一闪地跳跃着。

（果然……）

随着光亮的闪烁，脚步声也渐渐地穿过走廊的昏暗，越来越近。果然是上楼来了。

不久，脚步声的主人便出现在楼梯口，是个灰白色的人影。因为相隔太远，看不清楚那是谁。不过从身高来看，可以确定那不是个孩子。

可能是安达雅代吧，遥佳心想。比如说，她下楼去饭厅拿饮料，然后正在往回走。

但是——

人影却朝着与遥佳相反的方向走去。

(去哪里？)

雅代的房间不在那边，而是和遥佳、香橙的房间一样，都在楼梯口的这一侧。

吱,吱……蹑手蹑脚前进的脚步声穿过长长的走廊渐行渐远。遥佳从来没有去过那边，那里有深夜可以去的房间吗?

仿佛融化在走廊的黑暗中，不一会儿人影便看不见了。遥佳小声地叹口气，将房门关上。

3

七月二十三日，星期日。

实矢和麻堵的英语课定在每天上午。午饭规定在一楼饭厅就餐，这时香橙也被带到下面与大家一起进餐。饭后到傍晚之前是孩子们的自由时间，只要没有下雨，两个孩子大多会去外面玩耍。

是因为父亲的严格管教吗？实矢和麻堵有着普通小学中年级孩子所达不到的良好礼仪，举止也非常乖巧。而且在一起的大人越多，这种现象就越明显。

虽然从死去的香里那里听说过很多他们的事情，但是一周前初次和两个孩子见面时，遥佳仍然受到不小的打击。在介绍新“老师”的父亲面前，两人漂亮的脸蛋像能乐面具般僵硬，他们好像在自己周围造了一个透明的壳，那种不自然的安静使遥佳非常尴尬。

经过一周的相处，两人的态度多少有些缓和，但遥佳却依然感到别扭。

（为什么会有这种感觉呢？）

晚饭结束，看着正用餐巾擦拭嘴角的两个孩子，遥佳想起昨天和拓也的谈话。

他说，这两个孩子与普通的孩子有些不同。虽然也很天真，但却是一种特殊的天真。

像是生活在其他的世界里，这是朝仓香里的原话。

（尽管生活在同一个地方，呼吸着同一片空气，他们仿佛和我们看着不同的世界。）

（是什么样的世界呢？）

（她想说他们在看着什么……）

“又要去森林玩吗？”

安达雅代望着离开餐桌的两人说道。她今天又是一副与其年龄极不相符的艳丽打扮。

“哥哥一不在这里，你们还真是天天玩啊。到底有没有好好教课啊？”

雅代一边用锉刀磨着长长的指甲，一边悠闲地瞅着两个侄子，随后又瞥了一眼遥佳。

“不劳您费心。”

面对这种刻薄的女人，遥佳的语气也忍不住尖锐起来。“我这儿完全是按照教学计划，正顺利进行着呢。”

详细原因不是很清楚，不过雅代好像是半年前离开丈夫的家，寄居在哥哥身边的。虽然嘴上没有明说，但园城寺准雄似乎也拿这个妹妹没辙。

“功课功课……我已经厌倦死功课了。但是因为准雄会生气，准雄很可怕……”

突然开口说话的是祖母初子。

虽然头发已经全白，瘦削的脸上爬满皱纹，但与女儿雅代不同，老太太恰到好处地穿着朴素却有品位的和服。不过，她到现在还把遥佳叫成前任教师的名字“朝仓小姐”，以及经常性的明显的幼儿退化行为，委实令身边的人感到为难。

看到由于雅代的话而停下来的孙子们，“好了好了，快去吧。”初子的眼睛眯成一条缝，温和地说道，“不要去太远的地方，别迷路就好。”

“好的，奶奶。”实矢笑眯眯地回答。

“嗯。”麻堵也随声答道。然后两人转向沉默不语且视线散漫的母亲。

“我出去了，妈妈。”

“出去了，妈妈。”正在这时——

汽车的排气声打破了周围的寂静，而且越来越近。刹那间，孩子们突然紧张起来，似乎在想父亲不会又来了吧。

但是，那聒噪的声音明显不是准雄驾驶的高级轿车能够发出来的，而且，也不是拓也的“甲壳虫”的声音。

“不会又是那个大学生吧？”

雅代一边烦躁地说看，一边往窗户外面望去。

“发现个年轻女孩子，就找个理由老往这儿跑……”低低的嘟囔声突然停止，雅代“哎呀”一声张人了嘴。“是克之。”

“克之克之……”初子重复道。

“是个开朗的孩子啊。”

雅代慌忙跑出饭厅——

遥佳也从椅子上站起来，往窗外看。

她正好看见猛踩油门之后熄灭了引擎的车子。那是辆黑色的

SILVIA[1]，从声音可以听出，这辆车的消音器或是别的地方已经被改造过。

“克之是谁？”

遥佳转向初子问道。老太太并没有回答。

“……真可怜……真可怜……”

只是用细小的几乎听不见的声音念叨着。

“是我们的表哥。”

实矢代替老太太回答道。“雅代姑姑的儿子。”

那是令人有些毛骨悚然且极其冰冷的声音。

4

看见走进饭厅的安达克之，遥佳几乎立即判定，这个人是自己最讨厌的类型。

听说他今年十九岁，去年春天勉勉强强从高中毕业，但没考上大学，也没有找到工作，现在成天游手好闲，不务正业。

“不知道为什么，似乎天天和一群流氓混在一起。”身后的佐竹邦江小声地跟遥佳说道。

“自从雅代小姐来到这里之后，他也经常厚着脸皮去羽根木

① SILVIA，日本日产汽车公司生产的一种汽车。

的宅邸，但老爷似乎不怎么欢迎他。”

只见他下身穿着薄毛料的便裤，上身是麻质 POLO 衫，由下往上剪的短发……是最近经常出现在时尚杂志里的装扮，但却完全不适合他。而且他还戴着一副墨黑色的太阳镜，遥佳忍不住要笑出来。

“邦江，还愣着干什么？”

紧跟着儿子身后进来的雅代，向邦江发出命令。“快给克之拿点冰的东西来。”

“我要啤酒。”

爱搭不理地说完后，克之便单脚钩出桌子下面的椅子，“咚”的一声坐下来。

“妈的，这还真是个鸟不拉屎的地方，什么都没有。亏老妈你还待了这么多天。”

“没办法啊。我说过想待在羽根木的家里，但你舅舅说，连你姥姥也到这边来，让我也一起过来。”

“你不用对他言听计从吧。”

“话虽这么说……”

“啊？”克之的脸扭向别处，“不过，那都无所谓了，我特意跑过来可不是为了这些。呐，零花钱拿来。”

“怎么又要？”雅代压低声音，“前几天不是刚给你吗？”

“反正你从老爸那里骗了不少赡养费，不是吗？别这么小气啊。”

“不过，克之。”

“现在干什么花销都特别大啊。不然，我再问舅舅要好了。”

“别别，好吧，待会儿再说。你看，这么多人都听着呢。”

我们又不是多想听——遥佳有些厌烦地想道。

“你们两个，不是要出去玩吗？”

她对着正冷冷看着表哥这副丑陋模样的实矢和麻堵，故意抬高声音说道。

“我能一起去吗？”少年还没来得及回答。

“是新老师吗？”

克之毫不客气地插话进来。“嗯哼，比前面那个漂亮多了啊。”

克之抬起太阳镜，色眯眯地打量着遥佳。

“龙川小姐。”

雅代朝她使眼色，仿佛在示意她赶快打声招呼。

遥佳敷衍着挤出笑容，点头示意。克之则咧开他那张酷似母亲的又大又厚的嘴唇，说道：

“我叫克之。如果你有空的话，一起兜风去吧？”

遥佳惊讶地睁大眼睛。他竟然当着母亲和姥姥的面，邀请初次见面的女孩兜风……到底发什么神经啊。

“和那些小鬼玩有什么意思，对吧——没关系的吧，老妈？”

“啊，是啊。可是……”向来强势的雅代竟然也有些为难。

“老师。”这时，麻堵过来牵住遥佳的手，遥佳很是感激。“走吧，我们一起去玩。”

“那就走吧。”

遥佳朝着孩子们微笑，然后转向克之。

“那就不好意思了。”

“不带这样的吧？”

克之有些生气地瞪着实矢和麻堵。“我可难得约一次人。”

“真不好意思。”

遥佳满是冷漠地答道。“和孩子们一起玩儿也是我的工作。”

“啥——那么，今晚如何？我还要在这儿待两三天。”

遥佳原想狠狠地反驳他，说自己是坚决不坐国产车的，但是碍于雅代在场就没说。雅代看起来就像那种有着白痴儿子的典型白痴母亲，如果太把他们当回事，认真对待，还不知道之后会被说成什么呢。

遥佳什么都没回答，只是轻轻地点头示意，便和麻堵手牵着手走出饭厅。

5

和孩子们在外面待了一会儿，听见克之开车出去的声音后，遥佳便先回家了。

“我们去大哥哥那儿吧。”麻堵说道。

“今天不行。”遥佳劝诫道。

“大哥哥来这边有非常重要的功课，不要总是去打扰他。如果每天都去的话，他会觉得你很吵而讨厌你哦。”

实矢和麻堵也没有什么不满的神情，只说了句“再见”便跑进了森林。

“那个克之真的打算在这里住一阵子吗？”

看见佐竹邦江在厨房里洗刷，遥佳上去打招呼。

“好像是这样。”邦江细声回答道，“雅代小姐吩咐我给他准备房间了。”

佐竹周三和邦江是园城寺准雄当初买洋房的时候就开始雇用的五十多岁的夫妇。他俩一年四季都住在这里，打理着这里的一切。

丈夫周三主要负责食品等生活用品的采购和其他体力活。他个子很高，体格健壮，蓄着长长的胡须，里面几根已经变白，是个沉默寡言，没有特别重大事情不会主动开口跟你讲话的男人。虽然不是粗鲁的类型，但感觉让人不可亲近。

邦江主要分担做饭、打扫之类的工作。她身体非常瘦小，每天都四处走动，勤勤恳恳。虽然和丈夫一样属于话不多的类型，但如果你先跟她搭话，她会很耐心地回答你。来这里之后，遥佳有很多不明白的事情都是她告诉遥佳的。

“关于香橙夫人……”

粗略地问了一下克之和雅代的事情，遥佳一边准备着两人份的红茶，一边委婉地转变了话题。

“我并不是要探听什么，只是夫人为什么会变成那样，邦江你知道吗？”

“这个……”

感觉邦江正在刷盘子的手，有那么一瞬间停住不动。“这个，我也不太清楚……”

（她肯定知道，遥佳心想。她是知道原因的，明明知道还故意隐瞒我。）

（怎么这样，难道有什么必须隐瞒我的理由？）

“园城寺老爷肯定深爱着香橙夫人吧？”

为了缓解她的警戒心，遥佳颇有感触地说道。

“为了夫人，还特意买下这么昂贵的别墅。”

“嗯，这个确实。”

“老爷说我长得像夫人年轻的时候，我自己却一点儿都不这么觉得。你觉得呢？”

“不清楚啊。”

邦江稍微歪了歪头，往遥佳的方向看去。“是啊。听你这样一说，夫人以前也是留着这么短的头发。”

“是吗？这样啊——我泡了红茶，喝一杯怎样？”

“啊，真谢谢你。”

遥佳坐在椅子上，继续说道：“但是，园城寺老爷为什么会对孩子们那么严厉呢？在旁人看来，像是他特别憎恨那些孩子似的。”

“是……是吗？”

“以前就那样吗？”

“老爷他——”

邦江一边用粗糙的小手去够茶杯，一边叹息着说道：“我觉得，老爷可能是太过于担心少爷们了。”

“担心？”

这句话所包含的意思太难揣测，遥佳不禁回问道。随后邦江便微微地摇摇头，不再去看遥佳，低下了头。

一片沉默，气氛稍微有些尴尬。

啜了几口热乎乎的红茶，遥佳像是突然想起什么似的。“小亚。”她低声嘟囔道。

“啊？”

邦江的反应很大。发出声音的同时，她瘦削的肩膀也随之颤抖起来。

“你刚才说什么？”

“我说小亚。”遥佳回答道，“您知道吗，这个名字？”

“不……不知道。”

“好像经常和实矢他们一起玩呢，这个叫小亚的孩子。”

“啊？”

邦江又抬高了声音。

“怎么可能……”

“我也不知道是个什么样的孩子，不过似乎比这些孩子大很多，可能是住在山脚村子里的孩子吧。这附近应该没有其他人家了吧？”

“您是听小少爷们说的？”

“不是。前几天不是来过一个叫悠木拓也的年轻人吗，我从他那里听说的。”

“那他肯定是哪里搞错了。”

不知为何，邦江是一副非常胆怯的样子。虽然遥佳确定她一定隐瞒着什么，但是每当听到“小亚”这个名字时，她为什么会这么害怕呢？

再继续追问下去她也不会告诉我什么，遥佳心想。她觉得不能再继续纠缠下去，于是又换了话题。

“关于这栋房子。”

“——怎么了？”

“上楼右拐后，那里的房间，没有人用吧？”

“是啊。”

“都是空房间吗？还是有什么特别的房间？”

“为什么这么问？”

邦江战战兢兢地抬起头来，眼神里依然透露着强烈的胆怯。

“实际上，昨天晚上发生了一件奇怪的事情……”

遥佳于是将昨晚深夜听到的脚步声和走廊上的人影讲给邦江听。“不是邦江你吧？我原以为是雅代小姐，不过雅代小姐的房间又不在那边。”

“……”

佐竹邦江没有回答，只是撑大满是皱纹的眼皮，猛烈地摇头。

6

深夜，和昨天差不多的时候。“吱吱……”遥佳又听见细小的脚步声。

(爬楼梯声。)

遥佳躺在床上，全身紧张。

(和昨晚一样……)

那个白色人影——虽然不知道是谁，是昨晚那个人又上楼来了吗？还是……

遥佳想到另一种可能，那就是安达克之这个年轻人。

晚饭桌上两人碰面时，他就一直色眯眯地在遥佳脸上和身上瞄来瞄去，不断和遥佳搭话，说的都是些下流露骨的邀请。她觉得非常恶心，不知瞪了他多少眼。尽管如此，克之还是觍着他那张喝酒之后变得通红的脸，执拗地向她发出邀请：“出去兜风吧”“一起散步吧”“待会儿去你房里玩吧”等。

当时桌上气氛很是诡异。雅代看到这些却一言不发；实矢和麻堵礼仪良好地默默吃饭；初子偶尔丢出些不搭调的话语；还有依旧一副虚无哀怨的表情且沉默不语的香橙……

吃完饭后，遥佳完全无视仍然过来搭话的克之，几乎逃跑般地带着香橙回到二楼。如果正经回应他的话，他得意忘形后会做些什么不是明摆着吗？

明天去见见拓也，遥佳心想。不仅是和克之作比较的结果，她清楚地意识到自己已经被这个青年所吸引。

（难道是这家伙？）

克之的房间被安排在一楼。难道是他从房间里溜出来，想来她房间不成？

虽然多少有些这样的忧虑，但是在遥佳的脑海里，还是将这个声音与昨晚看见的那个人影所发出的声音重合起来。

她忍不住起身下床。

楼梯的那一端——全都是空房间的那一端，究竟会是谁，要在如此深夜里走去那里，他要做什么？

好奇心夹杂着不小的恐惧感……扑通扑通，伴随着心脏跳动的声音，遥佳有些类似轻微头晕的奇妙感觉，和昨晚一样轻轻地打开房门。

她能看见楼梯口的光亮，也听得到踏着昏暗而来的细微的脚步声，不一会儿——

昨晚那个白色人影出现了。

遥佳使劲眨眨眼，定睛看了看，还是没能看清楚那是谁。

人影背对着这边，和昨晚一样，慢慢地朝着楼梯那一端走去。怎么办？遥佳有些迷惑。要不就大胆跟上去？

为了不发出声音，遥佳当即脱掉拖鞋。深吸一口气后，她悄悄地溜了出来。

要说一点儿罪恶感也没有，那是不可能的。不过，对啊，深夜里看见这么奇怪的人影，又怎么能袖手旁观呢。她在心里小声为自己辩解。

长长的昏暗走廊深处，勉强可以看见身穿白色衣服的身影。遥佳快步追了上去。

她不知道这个人影什么时候会突然转过头来，不过到那时候也不怕，她可以辩解说自己只是出来上厕所。

感觉现在的走廊远比白天的时候长很多。自己从未踏足的楼梯口的那一端——弥漫着的黑暗更加可怕，看上去就像和异次元空间接轨一般。

突然，人影消失了。

走廊有分岔？还是进了哪间屋子？

“吱……”

细小琐碎的声音从前面传来。几乎同时，有个黄色亮光突然亮了。借着这簇光亮，她看见了走廊尽头。比起尽头，光亮似乎是从离自己更近一些的左手边照过来的。是房间的灯光吗？

她加快脚步。

“吱吱……”细小的碎步声断断续续地传来。

光亮外泄的地方，有扇黑色的门，正朝里敞开着。不过，那不像是房间的门。

（这是？）

遥佳屏住呼吸。

（——通往顶楼？）

门那边是脏兮兮的狭窄的楼梯。

说起来，这栋房子的三楼确实有个阁楼。她曾几次从外面仰望那扇窗户。窗户很小，总是被白色窗帘遮挡着。

原来通往那里的楼梯就在这里。也就是说……

“咚……咚……”迟缓冗长的敲门声从上面传来。遥佳轻轻挪步，来到敞开着的门对面，往楼梯上方张望。

“……亚希。”

纤细微弱的声音响起。站在楼梯上面身穿白色睡袍的人，就是声音的主人。

“亚希，是我啊。”

不是安达雅代的声音。那嘶哑的嗓音确定无疑是园城寺初子——

实矢和麻堵的奶奶！

“是我，亚希。是奶奶啊。”

（亚希——亚希？）

是个人名吧。

（亚希——小亚？！）

想到这里，遥佳不由自主地想喊出声来，却又硬生生地咽了下去。

“……真可怜。准雄也真过分，什么时候才能放你出来……”老太太继续悄悄地低声说着。

楼梯上——老太太的姿势像是在抱着阁楼紧锁着的门。“……我又给你拿了些点心。你看，快点把手伸出来。可不能跟你爸爸说哦。如果被他发现了，连奶奶也会挨骂的。”

（究竟——）

遥佳慢慢地摇着已经完全混乱的脑袋。

（怎么回事？到底……）

地板又吱吱响了起来。

遥佳吓了一跳，立即闪到后面的走廊。

“亚希”究竟是什么人，和“小亚”是同一个人吗？他为什么会在阁楼里？

到底发生了什么，为什么……

要她立即在这里盘问初子，遥佳连想都不敢想。遥佳感到自己似乎看见了非同寻常的东西，是这个家不能为外人所知的秘密。

心里的恐惧越聚越多，遥佳只得屏住呼吸，沿着黑暗的走廊往回走。

第五章　血色的獠牙

那个家伙，真让人讨厌。

嗯。

最近他还经常来呢。

因为雅代姑姑在这里啊，那家伙过来要钱的。

姑姑就很讨厌，那家伙更是让人厌烦。

嗯——小亚也讨厌那家伙吧?

……啊。

是个坏家伙?

对啊。

……

……

……喂喂，实矢。

怎么了，麻堵？

呃，就是，今天老师问的那件事……

关于小亚房间的事情？

嗯。感觉老师很害怕的样子。

没关系的。

是吗？如果秘密被发现，那就糟糕了——对吧，小亚？

对啊，会很糟糕。

……不要紧，麻堵。

但是实矢，老师可能已经看见奶奶了。你看，奶奶不是经常夜里过来看小亚吗，所以……

没关系的，现在还不要紧。

真的吗？

嗯。因为啊，听好了……

1

湖面吹来的夜风静静抚摸着遥佳的脸颊和脖子。虽然仍是夏天，但是在这里却感觉特别冷。

遥佳轻轻瑟缩着，稍微加快了脚步。

山中已经没有灯的光亮，幸好湖面上空高悬着的明月和满天星斗，让周围看起来还算是有些微白。

眼前是沿着姬乃湖通往森林的小路——她停下来，回头看了看。悠木拓也居住的别墅影子，从这里已经看不见。

拓也说要送她回家，但是因为他从昨晚开始就几乎没有睡觉，现在一副非常憔悴的样子。虽然他频繁地对遥佳挤出笑脸，表示没关系，不过她看得出他已经疲惫到不行。

所以遥佳强烈地谢绝了他。虽然有些昏暗，但是她已经摸清那边的路况，而且星光也很明亮……诸如此类的理由。

路突然一下子变得狭窄，也更昏暗了。再往前走时，遥佳多少感到有些害怕。

（果然还是让拓也送送为好啊。）

她稍微有点后悔。其实自己倒也不至于迷路，只是她现在才明白，这个点儿走在这条阴暗的森林小路上，得需要相当大的勇气。

七月二十四日，星期一，晚上十一点多——今天已经是第二次沿着这条路返回。

第一次是吃完午饭，下午稍早时候。那时遥佳去找过拓也，可惜他不在家。后来问他的时候听他说，他是到山脚村落里采购粮食去了。

遥佳无论如何都想见他一面。见面后跟他说一说昨晚的事情，听听他的意见。毫不夸张地说，如果不能如愿，她都不知道自己的脑袋会变成什么样。

所以，当吃过晚饭人们散开之后，她又偷偷地跑了出来。太阳已经下山，外面变得越来越暗。不过，她无论如何也等不到明天。

今天真的很漫长。

昨晚看见那件怪事之后，她回到屋子钻到床上，却一直没有睡着。老太太的脚步声，通往阁楼的狭窄的楼梯，以及对着紧闭着的门，低语的嘶哑声，还有亚希——是小亚吗……有些令人毛骨悚然。

到底是怎么回事？她想了很多，可是越想越觉得害怕。她不停地翻身，叹息，刚要睡着又睁开眼睛……

就那样一夜过去，天亮的时候她还在想，那是不是梦？她蒙眬地想起昨晚的情形，再看看清晨这间洒满明媚阳光的屋子——两者真是天壤之别。

早饭桌上，她不停地看向初子的方向，感觉她对着孙子们露出的满是皱纹的笑脸也与以往有些不同，她似乎看见有个莫名的谜样般的影子，若有若无地隐藏在那副笑脸背后。

应该不是梦。昨晚的怪事——深夜走廊里看到和听到的东西。她必须再确认一下才安心。

上午的英语课结束之后，遥佳便一人来到二楼，然后拐向走廊右边——昨晚曾来过的那个地方。

左手边并列着几扇黑门，她记不清楚是哪扇，于是看到一扇就随意试着转动门把手。伸出手够着的第一扇门是锁着的。第二扇也是，把手一动不动。然后第三扇……

把手转动了。

是这里，她屏住呼吸，用手使劲一拧。门被推开，对面是沉甸甸的黑暗——那里的确有狭窄的楼梯……

但是，就在那时——

“您在干什么？”

背后传来男人低沉的声音。“您的房间应该不在这边吧？”

是佐竹周三。他正沿着阴暗的走廊，从楼梯口那里慢腾腾地走过来。

“啊，我——”

遥佳挤出不自然的笑容。“是这样的，我……”

“那扇门是不能打开的。”

他满是胡须的脸上，露出一双小眼睛，正狠狠地瞪向这边。他来到伫立着的遥佳身旁，猛地伸出粗壮的手腕，将已打开的门重重地关死。

“这边的房间一律不作使用，您到这儿来也没什么事儿吧？”

“呃，这个，阁楼……”

“阁楼？”

虽然脸上面无表情，但他说话的语气却是相当严厉。

“一直闲置着。那里很危险。”

“……”

此时不宜询问昨晚的怪事，遥佳低下头，绕过他粗壮的身体，悻悻地离开。

“在这个家里，您还是不要擅自转来转去的好。听见了吗，龙川老师？”

平常几乎不大说话的佐竹周三，竟然用那样责难的语气——果然是这样。那扇门的背后，楼梯上面的房间里……

然后，吃午饭的时候——

直到中午才起床的安达克之，突然又喝起酒来，仍是不停地纠缠遥佳。可能听丈夫说了刚才的事情，佐竹邦江也用一种怪异的眼神望向她。

果然，她看了不该看的东西。外人掺和进来会很麻烦的——那种秘密，果然是这个家里的某种秘密。

也不能直接去问初子，于是她便婉转地向实矢和麻堵询问了一下关于阁楼的事情，两人只是面面相觑，默默地摇头。遥佳总感觉怪怪的……

小路左边是幽暗的森林，右边是湖，路稍微有些上坡。冲到岸边的湖水夹杂着虫鸣声，哗啦啦地作响。小路和岸边落差很大，形成一个不大不小的断崖。

遥佳一边注意着脚下，一边稍微加快步伐。

……天黑之后突然去拜访他，拓也应该很吃惊吧？

虽然看起来非常疲惫，但他还是挺直脊背，认真地听遥佳把话讲完。仅仅如此，就令遥佳感觉这一天因为疑虑、不安与恐惧而畏缩着的心稍稍有些欣慰。

“亚希吗？”

拓也频频皱着眉头。

“确实挺令人害怕的。究竟事情是怎样的，如果进行大胆猜测的话，或许是这样……”

他一边揉着充满血丝的眼睛，一边说出他自己的“猜测”，内容和遥佳蒙眬中的想法大体一致。然后——

“得稍微调查一些东西啊。”他用忧虑的声音说道。

2

咔嚓……

是某处的草在动。

那不是风吹着草沙沙作响的声音，而是似乎有什么巨大的东西在动的声音。

遥佳停住脚步，竖起耳朵，脑海里联想到“野狗”。没听说这附近有野狗出没啊，但是——

（难道？）

突然，某种想法在她脑海里浮现。

四月死去的朝仓香里，她之所以会那样死去的真实原因……

（是被野狗之类的追赶？）

事故现场距离这里很远，是在远离此处偏向深山的森林中。她在那里被……

（不对不对。）

遥佳摇了摇头。

应该不是野狗之类的。如果真是那样，她的尸体上应该会留下被野狗撕咬或是其他的伤痕。

咔嚓咔嚓……草丛里的声音再次响起。

遥佳分不清是从哪边传来的，似乎是从左手边森林中传来，又好像是前方。

深夜中的森林，密布在树与树之间的无边黑暗，让遥佳产生了巨大的恐惧感。

夜晚和白天的森林，差别真的很大，仿佛执行着相反的意志。白天，森林中弥漫着的昏暗光线，更让人感觉温柔；默默地守护着，凉丝丝地包裹着来访者，那是种胸怀宽广的意志。但现在，夜晚的这种黑暗……

她想再次抬脚走路，不过又停了下来。因为她注意到前方有个小小的亮光。

(有人！)

像是手电筒的光亮。这么说，刚才的声音不是野狗，而是人的脚步声？

她稍微有些安心，不过，与此同时，一种异样的不安再次袭来。都这么晚了还走在这种小路上——究竟是谁呢？

“喂。”

不久，亮光那边传过来一个声音，遥佳立即明白是谁了。

“真是幸运啊，哈哈。”

哪里幸运？

可恶，遥佳一边小声嘟囔着，一边兀自站立着，眼睛狠狠瞪着往这边乱照一气的手电筒的光亮。

“哈哈，你好啊，龙川老师。”

是安达克之。

“真的很幸运啊。我正觉得无聊呢。”

“有什么事吗？”遥佳冷冷地说道。

“这么晚了，还到这里来。”

“很无聊，过来散步。我还想问你呢，这么晚了，你这是刚从哪里回来啊？”

“和你没关系吧。”

“嗯哼。”

克之一边玩弄旋转着手电筒，一边踉踉跄跄地朝这边走来。

顿时他的气息混合着酒精的臭味，在夜色中一齐向遥佳袭来。

“你啊，太狂妄了。从昨天第一次见你，我就看上你了。”

“你喝醉了。”

“一起兜风去吧？”

“别开玩笑了。”

“不好吗？就和我一起去吧。”

“我最讨厌喝醉酒的人了。”

“嗯哼，我知道我知道。”

克之色眯眯地将手搭在遥佳肩上。“我听妈妈说了，那边山上的小屋里住了个大学生什么的，对吧？你是去找他了吧？”

“别碰我。”

“反正刚才也快活过了吧？哈哈。”

“没礼貌的家伙。”

酒臭味迎面袭来，遥佳将头撇开，甩掉克之的手，想要逃脱。然后——

“给我等等。”

克之的声音突然变得狰狞，这次他用被甩开的两只手箍住遥佳的手腕。

“过了二十岁就是欧巴桑了，可别浪费了这大好年华啊。”

“放开我！”

“别吵。”

克之强行将遥佳拉到自己跟前。她想挣脱，但却使不上劲。

“我怎么可能放开你啊。听着，老子啊，要……”

“你要干什么？！”

厌恶和愤怒顿时转化为恐惧，如果就这样被他压住的话……

“不要！”

“别吵。”

她被克之抱住。不管她怎样拼命扭动身体，克之的手劲儿丝毫没有减弱。

“求你了，不要。”

“我说了，别吵！”

手电筒被扔在路边。

“给我老实点。放心，我会很温柔的。”

此时鼻息已经慌乱的克之，将唇狠狠压在奋力抵抗的遥佳脖子上。顿时，一种不快和恐惧遍布全身，她鸡皮疙瘩都起来了。

“不要啊。”

遥佳果断地屈膝一顶，虽然是出于痛苦而做出的动作，但膝盖却正好命中克之的下腹部，他低声呻吟着，手腕的力量也松了下来。

“你，你他妈的……”

“放开我！”

遥佳奋力推开他的手，两手不停地胡乱挥舞。也许是被踢中腹部的疼痛，再加上酒醉的缘故，克之摇摇晃晃地失去了平衡，很快向后倒去。

“……啊”

嚓嚓嚓——东西滑落地面的声音。

“啊啊！”

克之倒下去的地方似乎正好是湖边的断崖边缘。伴随着一声悲鸣，身穿红色 T 恤的克之不见了踪影。“咔嚓！”又传来几声树木折断的声音……

一切只有两三秒的工夫。

遥佳睁大眼睛，在黑暗中站了起来。

（——掉下去了吗？）

她侧耳倾听，已听不见人动弹的声音。

（不会是……）

她慌忙捡起被克之丢在路边的手电筒。

“喂，你没事吧？”

她将光亮投向悬崖那边。只见地面塌陷，似乎是有人滚落的痕迹。

“喂……”

没有回答。

遥佳战战兢兢地往悬崖下面望去。就在几米之下——黑色湖水尚未淹没的狭窄岸边，她看见了仰面横躺着一动不动的克之。

3

……少年来到湖边，俯视着躺在那里的男子。

从崖上到这里差不多有四五米。虽然斜坡相当陡峭，但对少年来讲，要走下来并不是难事。因为他身体轻便，再加上对这一带的地形非常熟悉。

男子的身体已经不能动弹。似乎岩石正好撞上他的脑袋，在青白色星光和月光的照耀下，少年看见灰色岩石表面还残留着黑色的血迹斑点。

少年静静地凝视着闭着眼睛的男子，过了一会儿——

（这家伙……）

尖尖的下巴，面露凶相的脸，丑陋至极。

（这家伙……）

刚才少年全看见了。在上面小路上这个男人所做的事，以及他滚落山崖的全过程。

这完全是偶然。当他不经意间发现手电筒的光亮后，便悄悄地跟过来，想看看是谁在这里，他要干什么。然后就看见这个男人和那个女人——两人的声音，以及纠缠在一起的身影……

他藏在树影里，看到了整件事情的经过。除了看，他也不能做什么。

（……狼？）

可是男子长得一副人脸模样，毛发也不浓密，嘴里也没有獠牙。但是——少年望向黑暗宽广的湖面上空。半空中悬挂着的月亮，不是完全的圆形。倒不如说接近半月，似柠檬形状。是的，今夜还不是满月。

少年发现一根大小合适的树枝，并将它捡了起来。他低头看着男子，褐色瞳孔里有种近乎妖异般顽固的、疯狂的光在闪烁。

（一个是——）

握紧手上的树枝，少年弯下腰来。

就在这时，仰面躺着的男子身体微微颤了颤。

（啊！）

男子口中发出微弱的痛苦呻吟声。那无力地摊在地面上的手腕也开始慢慢地动了起来……

（他还活着。）

下一秒，少年立即扔掉树枝，拿起手边滚落的石头。两手高高地举起，朝着尚有气息的男子额头，毫不犹豫地狠狠砸了下去。

咕嗤一声，沉闷的声音，以及令人毛骨悚然的感觉。

最开始的一击，让男子还来不及叫出声，就再次动弹不得。不过，少年还是固执地一次又一次地朝着男子已经稀巴烂的额头砸去。

（——死了。）

他将还活着的人杀死了。但是——但是，那是必要的。而且，也许那家伙……

（一个是——）

少年扔掉沾满鲜血的石头，再次捡起扔掉的树枝，将其紧紧地握在右手上，然后将细小的枝头靠近满是鲜血的男子的脸。他伸出左手，拨开男子紧闭着的眼睛，然后……

（人狼的眼珠。）

4

飞蛾在飞舞。

卧室的天花板　　裸露的房梁上悬挂着一盏别致的球形电灯。小小的橙色灯光周围，一只大飞蛾正在飞着。

咯吱、咯吱……

飞蛾的翅膀撞在电灯上，发出清脆的声响，从刚才开始，就时断时续，直到现在。

（是什么时候误闯进来的呢？）

悠木拓也躺在床上，撑着有些发烫的眼皮，一个劲儿地眨眼。是白天的时候进来的吗？难道是纱窗上有破洞？还是……啊，对了，是刚才遥佳回去的时候？

这种无聊的思考，穿梭在他的脑海里。

送走遥佳之后，他立即回到这间屋子。关上电灯，躺在床上，稍微睡了一会儿。

虽然很困，他却始终不能熟睡。感觉自己像打了个盹儿似的，脑子里还在不停地思考着某些事情……

遥佳是不是安全地回去了——这是其中之一。

这么晚了还让一个女孩子独自行走在黑暗的山路上，果然还是不行。虽然这里与大都市不同，不会有什么流氓袭击之类的危险，但是……

（真是的——）

拓也将手放在额头上，感觉自己好像在发低烧。

（真是个窝囊废。）

他觉得，遥佳并不是因为讨厌自己而不让他送的。她是考虑到自己的身体状况——那才是她的真心话吧。

“你要是太勉强自己，弄得卧床不起的话，岂不是不能学习了？”

未来护士的忠告，还是有一定分量的。“你这么累，我还打扰你，真的很不好意思。但是我的心情轻松多了。今晚你就好好休息吧。”

确实，拓也真的很累。昨晚到今天早上一宿没睡，一直与可恨的哥特体活字搏斗。今天早上没休息就带着通宵后的焦躁到山脚村落去采购食物了。

来到这片自己不太熟悉的土地，自然会感到精神紧张，可能也有这方面的原因吧，不过他本来就对自己的体力没什么信心。尽管如此，仅仅一个通宵，身体就会如此吃不消，连他自己都觉得有些难为情。

遥佳来访的时候，他的焦躁已经褪去，受睡意和疲惫的袭击，他正在起居室里迷糊着。打开大门时，自己一定是一副非常疲惫的脸色。

咯吱、咯吱……

飞蛾还在执拗地撞击着。

可能是由于这个声音，拓也醒了过来——不……不对，不是因为这个声音。

他侧起身，从旁边的书桌上取来烟盒，从中抽出一根烟，在指间摆弄。

消失在掌中的香烟，从半空中出现。消失，又重新出现……他无意识地重复着这个简单的魔术。

突然想起了开始沉迷于魔术是在大一那年。观看过学园祭魔术俱乐部的表演之后，他便产生了想变魔术的想法。虽然没有加入那个俱乐部，但从那次之后他便天天往书店里跑。

（魔法吗？）

他想起前天实矢和麻堵的反应。两个孩子惊奇地看着拓也表演的魔术，大大的瞳孔里闪着耀眼的光辉。

（魔法……魔法师……）

对于这句话，拓也感觉无比的怀念。

那两个孩子经常在森林里玩些什么游戏呢？那个年龄段的话，在外面玩的游戏无非是捉迷藏、躲猫猫、踢罐头、投接球……还有其他什么游戏呢？

不知从什么时候起，人类已经不再享受这些游戏的乐趣了。突然，拓也将疑问转向自己。

（从什么时候开始，为什么……）

——不对。不是这样的。

在家的时候，实矢和麻堵经常读书，遥佳这样说过。不过，家里所有的漫画书、杂志似乎都被禁止。说起两人屋里的书籍，无非是他爸爸挑选的认为“教育上没有问题”的童话书和小画册，诸如“世界儿童文学全集”之类的。

实矢和麻堵，和拓也所认识的普通孩子太过不同，他们太美丽太天真，还有……还有……

（……小亚。）

——对，问题首先就在这里。

拓也一直在思考着的东西——小亚……亚希……遥佳昨晚看到的怪事……

今晚听完遥佳的话之后，将自己所想的事情重新梳理一遍吧。拓也把手里玩弄着的烟衔在嘴里，点着。

首先——

遥佳昨晚听到的“亚希”这个名字，和孩子们说的“小亚”是同一个人。这个猜测应该是合理的。然后，那名叫亚希的少年似乎居住在那栋洋房的阁楼里。

园城寺初子对着亚希称自己是“奶奶”，将这句话正面解释过来的话，也就是说，亚希至少应该是初子的孙子。如果是初子的孙子的话，那么就是实矢和麻堵的哥哥了。

也有可能是表哥，不过仔细考虑一下，果然还是亲生哥哥比较合理。实矢和麻堵有个十四岁的哥哥，正在上初二或者初三。

那位哥哥却住在家里的阁楼里。可以推测他应该是被关在阁楼里的，而把他关在阁楼里面的人似乎就是他们的亲生父亲园城寺准雄。他们的祖母初子经常深夜里偷偷地跑去给他送点心。

关于这些事实，那家人始终对遥佳保密。其他人应该都知道，佐竹夫妇就不用说了，安达雅代恐怕也是知道的。

问题在于——为什么，还有从什么时候开始，亚希开始受到那种“待遇”？

如果允许自己无责任猜想的话，事情是不是这样的：也就是说，亚希身上有什么不希望被外界所知道的秘密。这样的话，导致父亲将自己的孩了关在别墅阁楼里的原因究竟是什么呢？是强烈的厌恶、憎恨，还是恐惧、体面……

是什么？到底是什么样的秘密？亚希到底是什么样的少年？

当遥佳说出“小亚”这个名字时，园城寺香橙的反应非常强烈。也许，去年夏天她遭受打击、精神异常的原因，和“亚希的秘密”有关系？

另外，亚希似乎经常偷偷地跑出阁楼，和弟弟们在森林里玩耍。阁楼的门应该是反锁着的，不过，如果是这样，敬重哥哥的弟弟们可以想尽办法将门打开……

所以，实矢和麻堵也对此事缄口不言。那件事情绝对不能被家里人发现，那只是他们三个人的“秘密”，所以……

总之，拓也打算明天给东京的舅舅打个电话，拜托他稍微查一下关于园城寺家的资料。

由于长期以写作谋生，舅舅也是个好事的人。虽然已经五十七岁，内心却仍然像个十几岁的年轻人一样，对任何事物都抱有一颗强烈的好奇心——可能说爱看热闹更加贴切一些。他对什么事情都能产生兴趣，然后便想探究真相，那种欲罢不能有时连拓也都有些目瞪口呆。

因为舅舅是这种性格，所以只要将这边的情况跟他说明，然后拜托他，他多半会接受的。对这种云里雾里的事情，舅舅最没有抵抗力了。

园城寺准雄和园城寺香橙这对夫妻，果真有一个名叫“亚希”

的儿子吗？

总之，他首先想确认的就是这个。对惯于为写作取材的舅舅来说，这种程度的问题应该想想办法就能调查出来。

其实，他完全没有必要如此干预别人家的事情。

只不过，如今置身于乌裂野山中，他早已不能坐视不理。

龙川遥佳——她的存在是理由之一，还有，他也很关心实矢和麻堵这两个孩子。然而说起最大的理由，可能就是今晚遥佳口中的这个名叫“亚希”的少年了吧。

亚希。

这两个字与过去的记忆重合。十年前，来这里度假的那个夏天的记忆——之前在梦中相遇的那个……

但是，那个过去与现在有着怎样的联系，又和将来怎样关联下去，现在的拓也还不能理解，也猜测不到。

5

“……悠木君，悠木君！”

又开始打盹儿的拓也耳中，传来一个声音。“悠木君，拜托，快点起来……”

敲门声还在继续。

（——她？）

拓也听出来这是遥佳的声音后，立即从床上跳起来。

（为什么她……）

现在仍是深夜。窗外没有射进来的光，圆灯周围还是那只飞蛾的黑影在跳跃。

（为什么？）

他的头有些混乱。混乱中突然有种不祥的预感涌上心头——

“悠木君……”

敲门声有些仓促、凌乱，那求助般的充满悲怆感的声音一遍遍地呼喊着拓也的名字。

“来了！”拓也大声回答道，“这就开门。”

拓也打开起居室的灯，快步奔向大门。

“拜托，快点开门。”

敲门声停了下来。

“怎么了？”拓也连忙把门打开。

“啊，悠木君。”遥佳踉踉跄跄地向屋里倒了进来。

“我，我……”

“发生了什么事？”

她脸色煞白，头发凌乱地贴附着沁满汗珠的额头，身上穿的圆领夏衫也胡乱地偏向一侧。

“到底怎么了？”

"我……"

遥佳垂下眼帘，泪珠在眼眶里打转。她剧烈地抖动着，说道："救救我。"

她小声喊叫着，扑进了拓也的怀里。"怎么回事？"

肯定发生了什么事。她微微颤动的身体直接告诉了拓也这一点。

"难道，你遇上了什么坏事？"

"我，我……"

"先平静一下，来，镇定一点。"

拓也将手轻轻地放在她的肩上，温和地按住她的身体，然后将目光停在她右手紧握着的手电筒上。

是个红色的圆形手电筒。刚才回去的时候她还没拿这个东西，也就是说，她可能是回去过一次，又重新返回到这里？

遥佳似乎注意到拓也的目光，随即望向自己的右手——

"啊。"

一声短促的叫喊，几乎同时，她将手电筒扔了出去。仿佛手上拿着什么令人讨厌的东西。

"发生了什么事？"

拓也的手仍然放在她的肩上，眼睛望向她的脸。此时，睡意、疲惫已经完全消失。

"我——"

遥佳无力地说着话，慢慢地抬起头来。有着黑色瞳孔的大眼睛扑簌簌地往外掉眼泪。

“我——我杀人了。”

“……那个人就那样躺着，一动不动。仔细一看，头出血了，眼睛紧闭着，不管怎样叫他，他都……”

啜了几口拓也拿给她的威士忌后，遥佳终于有些平静，勉强可以正常说话了。她身体无力地埋在起居室的沙发里，断断续续，时而抽泣着，大体说了一下事情的经过。

“然后呢，你说就这样杀了他吗？”

听到拓也的问话，遥佳轻轻地点头。

“但是他是不是真正死了，你没有确认清楚是不是？”

“那样的事，怎么会？”

遥佳耷拉着脑袋摇摇头。

“但是，那个人喝得烂醉，掉下去的地方又很高。”

“这样啊。”

拓也在沙发附近的地板上盘腿而坐，抚摸着蓄着邋遢胡子的细细的下巴，低声念叨着。

“然后你就直接回到这里了，是吧？这件事还没跟其他人说吧？”

“嗯。”

遥佳的眼睛哭得通红，向拓也发出求救的目光。“我该怎么办才好？”

“咱们走。”

说着，拓也站了起来。

“啊？”

“一起去那里看看。”

“可是——”

“总之我们得先去确认一下，或许有什么地方搞错了也不一定。”

“你说搞错……”

“先不着急报警，等我们先去确认一下他是不是真的死了。”

“……”

“总之，龙川，听我说。”

拓也抓住遥佳的手腕，将她拉起。“你不是故意这么做的，对吗？从你刚才说的来看，你什么错都没有，反而，你才是真正的受害者。”

6

从惊慌失措的遥佳那里断断续续地听完事情的原委，差不多花了一个多小时。两人出门奔向“案发”现场时已是凌晨一点左右。

拓也紧紧握住一个劲儿叹气的遥佳的手，快步行走在黑暗的山路上。

她一句话都没有说，拓也一时也找不到话题。

过去确认后，如果像她说的那样发现了克之的尸体，那么还是应该叫警察来。到时，即使那场事故是因“正当防卫”才发生的，她的脑海里肯定还是会觉得是自己杀了人吧。警察的审讯、周围人的目光……更糟糕的话，甚至还有可能惹上官司。

他认真地思考着，就没有其他别的办法吗？要不索性将尸体藏起来……他脑海里竟然掠过如此危险的想法。

不一会儿，就到了森林和湖之间的那条小路。拓也握着遥佳的手更加用力了。

“是这条路，对吧？”拓也确认道。

“嗯。”

遥佳的声音有些胆怯。

“还要稍微往前一些。”

拓也站在前面，一只手继续握着她的手，另一只手拿着从车里找到的微型手电筒（遥佳拿着的克之的手电筒放在别墅里了），将光亮照向无边的黑暗。他们一边注意着脚底下，一边慢慢地往前走。

“啊！”

过了一会儿，遥佳突然喊道。

“那里……”

她伸出一只手，指向前方不远处。

拓也定睛看着那边的地面。确实，泥土和杂草看起来要比其他地方凌乱，而且右手悬崖处——

拓也松开遥佳的手，向那边走去。狭窄的路的那一边，一下子被黑暗切断。

“他是从这里掉下去的吗？”

“——嗯。”

拓也小心谨慎地注意着脚底下，将光亮照向陡坡下面。

狭窄的湖岸上，两侧一片黑暗。断崖坡度很高，如果从这里跌落下去，确实有可能危及性命。

但是，那里却……

“嗯？”

拓也小声嘟囔着，回头望向遥佳。

“什么都没有啊，龙川。”

哪有什么仰面朝天的男子尸体，什么都没有。

“啊？”

遥佳吃了一惊。

“怎么会？”

“真的啊，没有尸体。”

“不可能啊……”

遥佳边摇着头，边挪到拓也身边。“你确定是这个地方吗？”

“嗯，是这里啊。就在这里我撞了那人一下，然后他便向后倒去，从这里……”

“注意脚底下。”

拓也轻轻地握住遥佳的手腕。

“可是这下面——你看，什么都没有。”

“……”

“你再好好看看，他是从哪里掉下去的？”

“就是从这里，直直地掉下去了。”

遥佳借着拓也照向崖下的光线，往崖下看了看，又呆呆地摇起头来。

“怎么可能，为什么会这样？”

“可能是地方搞错了吧。”拓也说道，“再稍微往前走走吧。”

“但是确实是这里啊……啊。”

“怎么了？”

“那里……”

遥佳怯生生地指着眼下的湖岸。

“那里有血迹。”

“血？哪里？”

“在那里。你看，就在那块岩石那里。”

拓也顺着遥佳的手指望去。这样说来，确实看见有些黑色的斑点在那里，至于那是不是真的“血迹”，在这里确实看不清楚。

“看起来不像是血啊。”

听到拓也这样说，遥佳尖声喊道：“是血。肯定是那个人的头撞在了岩石上……”

“可是，这里没有尸体啊。”

“……”

“假设那个人的确是从这里掉下去的，那就是说他还没死。你说对吗？”

“可是，他都一动不动了啊。”

“将来要成为护士的人，可不能这样草率地给人判死刑啊。”拓也故意用有些戏谑的口吻说道，“肯定只是一时失去意识而已。”

“——真的吗？”

“你看，这里可是什么都没有。”

拓也拽住遥佳，离开悬崖边。

“没关系的。克之可能现在正躺在被窝里做噩梦呢。”

“是这样吗？”遥佳的紧张稍微有些缓和，说道，“——对不起。发生这样的事情，我……”

“我送你回去好了，这次可是一定要送的。刚才让你自己回去，我一直很后悔呢。”

为了慎重起见，两人又往附近的悬崖下确认了几番，不过都没有找到克之的尸体。

"不用担心。"

走到园城寺别墅门前，拓也对着因些许不安而停下脚步的遥佳说道。

"万一那个叫克之的男人胡说八道，你就跟警察告发他，就说自己当时不知道他有没有受伤，是那家伙自作自受。这招很管用的。"

"嗯。可是……"

遥佳小心谨慎地朝别墅望去。现在已是深夜，屋里没有一盏灯亮着。

"要是发生什么事，立即跟我联系。"拓也说道。

"我的电话号码，你都记下来了吧。"

"嗯——真的很对不起。"

"如果在那个家待不下去了，就来我这里吧。"

看着遥佳进入那个家之后，拓也抬头重新审视着星光照耀下的白色洋房。然后，他的目光驻足在三楼——阁楼的那扇小窗户上。

（亚希……）

突然，那个名字，那个少年的谜团，伴随着异样的骚动在他心中复苏。

漆黑的窗户对面——想象着少年被关在屋里的情形，拓也不由自主地颤抖起来。

第六章　失常的倾斜

实矢，你说那家伙是人狼，是真的吗？

嗯——是这样吧，小亚？

……对啊。

所以，这个东西？

对。

那家伙死了吗？

不清楚呢……你觉得呢，小亚？

听说人狼是不死之身啊。

那家伙现在在哪里呢？

……扔到湖里了。

湖？

对啊。

为什么？

……让他复活之后也回不来。姑姑在到处找他呢。我很害怕。

没关系，麻堵。

可是，实矢……

必须那么做，对吧，小亚？

……啊，对啊，必须的。

可是……

可是？

如果又有谁来到这里……

没关系的。这里是秘密的地方，是只属于我们三个人的秘密“圣堂”。

可是，实矢。

怎么了？

如果我想把大哥哥带来，是不是不行啊？

啊，嗯。现在还不行……

……现在还不可以，实矢，麻堵。如果不全部集齐的话……

1

“……嗯？那还真是挺奇怪啊。”

和拓也预想的一样，电话那头舅舅的声音并非毫无兴趣。

“要说那里的园城寺君，倒是和他说过两三次话，因为毕竟是十来年的邻居。不过，对那家人的事情倒不是很清楚。”

“能帮我调查一下吗，舅舅？”

“那个，嗯，倒也不是不能接受。”

“是稿件快截稿了吗？”

“嗯，那个就不用你管了。”

舅舅的声音稍微有些阴沉。

“但是啊，拓也，我老觉得这样探究邻居家的秘密稍微有些……”

“这不像舅舅的风格啊。是不是上了年纪的缘故？”

“嗯？你说什么，我还……”

“那就拜托舅舅了。羽根木离舅舅很近啊，只帮我调查一下那个叫亚希的孩子就好，怎么样？”

“真是服了你……”

舅舅夹杂着苦笑，咂舌道。

“有没有用功学习啊？”

“那个您就不用担心了。”

“嗯。”舅舅稍微停顿了一会儿，接着意味深长地问道，“你不记得了吗？”

“您说什么？我不记得什么啊？”

“嗯，好久之前的事了，不记得也正常。”

“啊？”

“如果我没记错的话，至少，那对园城寺夫妇的确有个叫——亚希的孩子。”

“啊？舅舅，为什么这样说？”

“这是你小学时候的事情了。我曾经带你去过那栋别墅。那时候……”

拓也终于明白舅舅想说什么了。

“这么说，那时候的那个孩子，果然就是？”

“你还记得啊。”

电话那头，舅舅几度吸着鼻子说道。

“你把森林中迷路的孩子送回了家。那时候夕阳骤雨下得很大，你说过你们好像在哪儿避雨来着。那孩子就是那栋洋房的主人园城寺夫妇的儿子。”

“名字叫亚希吗？”

“啊，确实是叫那个名字。那次之后，孩子的母亲——园城寺香橙还亲自过来登门道谢呢。是个混血女人，非常漂亮。”

“果然是这样……”

拓也将听筒贴在耳朵上，一个劲儿地点头。“对啊，我总感觉有那么一档子事，可就是记不太清了。”

“嗯，大体就是这些。”舅舅说道。

“那之后也有十年了吧，其间，园城寺家不知道又发生了什么事……不过，我尽力调查吧。”

“拜托了，舅舅。”

“不过，说起来也真是的。”舅舅又咂舌道，“你这家伙也很爱凑热闹啊。”

“舅舅，你应该说，龙生龙，凤生凤，老鼠的孩子会打洞。”

“那位家庭教师，很漂亮吧？”

突然被问到这个，拓也有些焦躁。昨晚发生的“案件”他还没跟舅舅提及。

“呃，那个……”

拓也不由自主地支支吾吾起来，舅舅哈哈地笑着：

“嗯，加油啊。祝你马到成功！”

约好有什么消息再联系之后，舅舅就挂断了电话。他说，如果顺利的话差不多今明两天就能确认亚希这个少年是否真的存在。

离开放电话机的桌子，拓也站到窗边，观赏着外面的风景。

湛蓝晴朗的天空、幽深碧绿的湖水，以及周围耸立的森林……

自从来到这里，便一直是平和的好天气。

时间是下午一点。他刚醒过来不久，虽然身体还是有些酸软，但昨天的疲惫似乎已经褪去。

（那么——）

如果继续看下去，他会一直陷入沉思中。那片森林、那栋洋房、那些孩子、昨晚的事情，以及十年前的过去……

他用力地摇摇头，离开窗边。

（咖啡，咖啡。）

他正想去厨房煮咖啡——这时，刚挂了的电话又响了起来。

2

“喂。悠木君？悠木君？啊，是我，龙川。”

遥佳紧靠在电话台边，握紧话筒。

“发生什么事了吗？”拓也立即问道，“是克之埋怨你什么了吗？”

“不是的，没有。”

遥佳用手拭去额头上渗出的汗水，说道：

“那人，不在了。”

“不在了？”

“那人，没有回来。一定是，所以——”

她现在在一楼大厅。虽然房间很宽阔，但光照不是很好。尤其是电话台这里，因为放在楼梯里侧，没有电灯，显得更加昏暗。

“所以，昨晚那人一定……”

“你说没回来，确定吗？”

拓也始终保持慎重地询问道。

“你是什么时候，怎么知道他没回来的？”

“刚才——吃午饭的时候，因为那人没过来吃饭，雅代小姐去他房间看了，她说不在房里。”

“是出去了吧——不，也有可能是走了呢。昨晚发生那样的事情，说不定是他先逃跑了呢。”

“那个……”

“对了。他的车子呢？克之不是驾车来的吗？”

“车子还在，房里的东西也没动。”

“是吗？这样说来……”

“果然他从昨晚就没有回来。因为他平常很晚才起，所以不可能上午就起来跑出去，也就是说……”

“先等等。”拓也坚决地说道，“听着，不要那么轻易下结论。”

“话是这么说，可是——”

“也有可能是他不好意思和你碰面，一大早起来就在附近闲逛呢。”

“那家伙可不是这样的人。”

遥佳感觉很无助，同时对克之的怒火也一股脑儿地涌上来。“我该怎么办才好？悠木君，我是不是应该……”

“昨晚的事还没跟其他人说吧？”

“嗯。”

“那听好了。你先按兵不动，再稍微等等，看看情况。至少再等半天，如果那时克之还没出现，再报警也不迟。”

“……”

“听好了吧？我待会儿再去那个地方瞧瞧。”

“去那里吗？”

“嗯，我再去确认一下昨晚的事情。”

“那，我也去吧。”

“不。”拓也打断遥佳的话，“你还是不要行动的好。要是稍有不慎，说不定会引起不必要的怀疑，你先暂时避避吧。”

“可是……”

“他母亲雅代现在怎么样？”

“好像非常担心。”

“是吗？”拓也脸色阴沉下来，“那种人一旦慌了神，就像疯狗一样见人就咬——关于克之，你有没有被她问过什么？”

她问遥佳知不知道克之去哪里了，遥佳默默地摇头，她还一副想继续追问下去的样子。

“那孩子到底是怎么了啊？”

说曹操曹操就到，正在这时，安达雅代从大门处心慌意乱地往里走，似乎刚去附近寻找儿子回来。

“龙川。”

因为遥佳一直闭嘴不语，拓也有些担心。“你怎么了？”

“没有，那个……”遥佳压低声音说道。

“雅代小姐朝这边走过来了。”

“我说，邦江？”似乎错把楼梯暗处站着的遥佳当成了佐竹邦江，雅代扯着尖锐的嗓音喊道，“呐，先别打什么电话了，抓紧出去找克之啊。”

她一边焦躁地说着，一边横穿大厅朝这边走来。

“——什么嘛，是你啊。”看清楚电话台旁边站着的是遥佳，雅代似乎有些疑惑，原本就吊着的细眉更加上挑，质问道：

“在这儿偷偷摸摸的，跟谁打电话呢？”

“呃，那个——”

遥佳将话筒从嘴边拿开。“是个朋友。”

“朋友？嗯？”

雅代点点头，却没有离开的意思，继续怒视着这边。然后——

“我说，你，真不知道克之去了什么地方？”她用充满疑惑的语气问道。

“不清楚……”

“不会是你拒绝了那孩子吧？”

被这样问道，遥佳一时间有些哑然。“我拒绝他？”

“对啊。所以那孩子受到打击，才不知道跑去哪儿了。”

“怎么可能……”

“别看克之平常吊儿郎当的，实际上可是个非常纯情的孩子。”雅代非常认真地说道。

“龙川。”

也许是听见这边的对话了，耳边的听筒中传来拓也小声嘟囔的声音。

“总之现在就当什么都不知道，蒙混过去，知道吗？”

确实，如果现在将昨晚的事情如实告诉雅代，那结果会很糟糕吧。她一定会勃然变色，不由分说地指责遥佳为“杀人犯”。

“啊，龙川小姐，你说的朋友不会是那个大学生吧？”雅代说道。刚才拓也的低语声她不可能听见啊。“不会被我说中了吧？”

她消瘦的脸整个扭曲着，浅浅地笑着，仿佛在说，真是个下流的女人。

她看着默默不语的遥佳。“什么事都得有个限度，这儿可不是你家。”

雅代怒气冲冲地说着，然后脸色突然一沉，转向别处。“啊，烦死了，克之到底是怎么了啊？”

3

下午一点四十分。

拓也离开舅舅的别墅，匆忙赶去昨晚和遥佳一起去过的湖边小路。他跟遥佳说，过了三点再给自己来个电话。那边的电话号码昨晚问过，从这边也可以给她打。但是，如果恰巧是刚才的安达雅代接电话的话，被她说什么不是明摆着吗？

克之不见了。

那事态确实很严重。虽然对遥佳那样说——他也只能那样说，但对拓也自己而言，他只能想象最坏的结果。

“杀人了！”

他想起昨晚遥佳苍白的脸和细小颤抖的声音。“我杀人了！”

不会有这样的事，他拼命给她否定。

哪里也找不到尸体，也不可能是看漏了，那附近确实没有尸体。

到达目的地时，他的衬衫已经被汗浸透。真的好久没有这么拼命地跑了。

他很容易就找到了昨晚遥佳被克之袭击的地方。虽然晚上和白天的氛围完全不同，但地面的脚印和湖边断崖的情形却一目了然。

杂草被踩得东倒西歪，地面上诸多脚印乱成一团。因为不是那么明显，所以完全分不清楚到底是谁的脚印。

调整了一下慌乱的呼吸，拓也走到崖边。

昨晚太暗没有看清楚，现在看来，脚下的确是陡坡，还能看见人滑落的痕迹。但是——

(还是没有啊。)

几米下的岸边，还是什么都没有。他朝左右方向望了望，从这个位置望去，至少视线范围内没有任何像尸体的东西。

只是一瞬间，他觉得稍微有些安心。可是——

当目光停留在崖下面一块棱角分明的大岩石上，他“啊”的一声叫了出来。

那是昨晚遥佳说有血并用手指着的那块石头。那时候，拓也没看出来，不过现在，在明媚阳光的照耀下那确实是……

(……血？)

一摊不自然的殷红色，染在灰色岩石的表面，看起来的确像是血迹。

没有什么地方可以下去吗？拓也留意着周围的陡坡。

直接跳下去有些高。断崖几近直角，离现在站的位置稍微往前一些的地方，他发现有块突出来的可以用脚踩踏的岩石。

拓也想也没想就朝那边走去。

他试了一下，竟然可以很容易地下到岸边。岸边生长着的树木根部爬满陡坡，要想爬上去应该不是难事。

他快步来到岩石旁边。

湖岸很窄，顶多只有两米。那块岩石相对断崖来说，离湖水更近一些。

殷红色的血迹似乎已经完全干枯。它以岩石的一点为中心向外扩散，周围的地面上洒满斑点。

（是血吗？）

他曾经见过类似的情况。高中时上学路上发生的一起交通事故——柏油路上残留着的鲜明血迹，也是这种感觉。

他蹲下仔细观察，发现有几根黑黑的、细细的东西粘在岩石的一角。是头发！

毫无疑问，被遥佳推开之后，克之是从这里滚落了下来，而且头部正好撞到这块岩石上。

问题就在于这之后。

克之后来便从这里消失了。也就是说当时他只是头部受到撞击，失去意识而已，但他却没有回家。

这血迹——

绝对不算少，应该是受了相当大的撞击吧。也就是说——他意识一清醒便离开了这里，然后又在某处晕了过去？

话说回来，只是滚落下来撞击到头部，这些血会不会太多了？拓也突然想道。

假设克之就这样离开了这里，对了，其他地方应该也会有血迹吧。他沿着走过来的路寻找血迹。

正当他四处察看周围地面时——

“大哥哥！”

背后突然传来一个声音，拓也吃了一惊，连忙回头。

“中午好。”

“啊，好。”

只见不远处，站着一位少年。他下身穿着半裤，上身穿着黄色T恤。

“麻堵吗？”

“嗯，是我。”

少年边答应着边朝这边走来。

“你从哪里下来的？”

“那里。”

麻堵指着比拓也刚才下来的地方还要远一些的位置。

“不危险吗？”

“这没什么，我们经常下来玩。”

“实矢君没和你一起吗？”

“嗯。”

麻堵稍微点点头，往湖那边瞥了一眼。

“为什么？你们不是一直都一起玩吗？”

“嗯。可是，有点儿……”

麻堵说话有些含混不清，又往湖的方向瞥了一眼。

虽然感觉麻堵的样子有些奇怪，但此时拓也更关心他身后那块沾满血迹的岩石。总感觉不能让麻堵看到这样的情形，他顺势向前走了一步。

“家里是不是来了一个叫克之的人？”他试探性地问道，“听说人不见了。”

听到这句话，麻堵的反应有些出乎意料。不知为何，他竟然变得非常慌乱。

“麻堵君？”

麻堵将视线转移，不作回答，一副心神不定的神情，又往湖的那边望去。

“怎么了，麻堵君？”拓也又往前一步，“你在担心什么吗？”

“没有。”

麻堵摇摇头。

“是有什么事情要跟我说吗？”

“……”

“算了，不想说也没关系。”

拓也轻轻耸耸肩，从胸兜里取出一根烟。看到这个，麻堵的声音有些急促：

“啊，大哥哥要表演之前的魔法吗？”

“啊？不是。”拓也微笑着回答，“我就是想抽根烟。”

“可以再给我表演一下那个魔法吗？”

“上次那个不行啊，没有百元硬币。”

说着，拓也将口中衔着的烟用右手取回。“不过，你看。”

拓也开始表演简单的“烟的消失与出现”，加上比较夸张的动作手势，倒是有那么几分“魔法”的味道。

麻堵的反应还是那么吃惊，那么天真。“哇，太棒了！”他发出这样的惊叹，美丽的褐色瞳孔闪烁着耀眼的光泽。

“……大哥哥，大哥哥。”

拓也又将烟衔起，点上火，吸了起来。麻堵非常认真地问道：“大哥哥，这个魔法，是‘好魔法’对吗？”

“好魔法？”

“不是‘坏魔法’吧。”

“那当然——当然不会用在不好的地方。”

“也对。”麻堵满足地点点头。

沉默了一段时间之后，他又开口道：“大哥哥，你知道美人鱼吗？”

突然问这样的问题。

“美人鱼？”拓也一时间有些发愣，“美人鱼怎么了？”

“不知道这湖里有没有呢。”麻堵的口吻非常认真。

“美人鱼啊，是生活在海里的。”拓也也不禁变得正经起来。

“那大哥哥知道‘人鱼公主’的故事吗？”

“啊——嗯。”

拓也有点读不懂少年的思路了。“魔法”“美人鱼”……这孩子到底在想什么呢？

“我想问一下小亚的事情。”

对再次陷入沉默的麻堵，拓也这次主动提问道：“和你们一起玩的那个小亚，名字是叫亚希吧？”

“啊？”

麻堵有些吃惊，抬头望向拓也。“你怎么知道的？”

“那个小亚是你们的哥哥吧？”

拓也委婉地说道。麻堵紧咬着嘴唇，不肯定也不否定。“你们一般玩什么游戏？”

“——很多很多。”

“今天不一起玩吗？”

“……”

“他在那个家的阁楼里住着吧？”

“……”

“是秘密对吗？”

“——嗯。”

麻堵用力点点头。

“不能说出来的。”

“只对我说不行吗？”

“……”

“会被实矢君骂吗？”

“——现在还不行。”

“现在还不行？”

这是什么意思呢，拓也心想。“是总有一天会告诉我的意思吗？”麻堵又含混不清地摇摇头。

“我说，麻堵君……”

“再见了，大哥哥。”少年突然这样说着，翻身走了出去。

“啊，等一等。”

只见麻堵在岸边走了几步，又回过头来。“大哥哥，小亚的事情谁都不要告诉啊。”

他向拓也投来殷切的眼神。“一定啊，约好了哦！”

4

“……克之少爷！”

森林中，佐竹邦江走在前面，仿佛突然想起似的偶尔喊一嗓子，遥佳跟在她身后。

她也想跟着一起喊，但实在是没那个心情，但也不能在这里向佐竹邦江暴露出她的内心。

约好三点过后再给拓也打电话，可现在都已经四点多了。

她想在约好的时间内给拓也打电话的，但那时安达雅代正好在用电话。好像是给她哥哥园城寺准雄打的，她一个劲儿地跟哥哥絮叨自己儿子找不着了。

打完电话后，雅代便立即召集佐竹周三、邦江和遥佳三人，命令他们都出去寻找克之（就剩没让年迈的初子出去找了）。

雅代自己围着洋房附近找，佐竹周三到湖边一带，邦江和遥佳两人则到反方向的森林中搜寻。任务瞬间就分配完毕了。

遥佳当然不能说自己不想去。倒不如让她去湖边找，当然，这个她也没敢说出口。

所以，始终也没能找到空闲给拓也打电话，三点半便从家里出来，到这片森林里来了……

“……克之少爷！”

说实话，邦江也提不起精神来吧。对于不清楚昨晚那场“事故”的邦江来说，无非是个快二十岁的人不见了半天踪影而已，却要如此兴师动众地出来寻找，纯粹就是个麻烦。虽然她没说出口，但从她的态度上就可窥见其不满。

“呃，邦江夫人。”遥佳开始跟她搭话。

“这里就是四月发生那场事故的那片森林……”

“什么？”

邦江停下脚步，回头望向遥佳。“就是朝仓香里出事的地方……”

“朝仓小姐……啊，嗯，前任家庭教师。”

“嗯，是在这片森林的深处对吗？”

“对，对啊。”

来到这里的第二天，她曾经来过这片森林。她想看看香里的死亡现场，便想方设法地向邦江打听出这个地方。那时她一个人进入这片陌生的森林深处，有些害怕，所以沿着小路前进一段后就直接返回了。

“其实，她是和我同一所学校的朋友。”

听遥佳这样说，邦江倒也没有特别吃惊。“您和她一个学校，我以前听老爷说过。”

“啊，是吗——她给人什么样的感觉啊？”

“您是说哪方面？”

“我说的是，她在这里的时候，和孩子们相处得好吗？”

“嗯，还可以。”

现在并不是谈这些的时候，实际上遥佳的心情非常焦躁，但她却不得不继续问下去。

“她经常到这片森林中散步吗？”

“不知道呢。”

“一直沿着这条路走，会到哪里呢？”

“前面有个教堂。”邦江一边慢慢往前走着，一边回答道。

“教堂？”

“是的。不过一部分已经倒塌，非常危险。最好不要靠近。”

“那里怎么会有教堂？”

“是以前建那栋洋房的人一起建的。这附近好像全都是那栋房子的地皮。”

说起来，她以前似乎听说过，这栋洋房的建造者不知是哪国的传教士，不过她却不知道房子附近的森林中还残留着一处教堂。

“——啊。”

往前走了一会儿，邦江突然喊出声来。越过她瘦削的肩膀，遥佳看见一个穿着鲜绿色衣服的人影，正穿梭在前方的树木和草丛之间。

“那不是实矢君吗？”

“啊，对啊——少爷！”

听见邦江的声音，正往这边走来的人影瞬间停住。

“少爷？”

邦江小跑着向前。

“您来这里干什么？老爷不是说过，这片森林不是什么好地方吗？”不是好地方？是因为四月的那场事故吗，还是因为那所即将崩塌的教堂？

“你没有去那所教堂附近吧，那里可是很危险哪。”

“不是的。”

少年直直地瞪着邦江。

“不是的，阿邦。那家伙不见了，姑姑老是在那里嚷嚷，所以我也过来找找。”

“这样啊——”

“那边没有。”

“麻堵君呢？”遥佳问道。

“没和你一起吗？”

（——小亚也没一起吗？）

“麻堵他啊。”

实矢将目光转向遥佳：“往湖那边找去了。”听到“湖”这个字眼，遥佳的身体立马僵硬起来。

啊，拓也赶去昨晚的事故现场，他确认的结果如何？还有去那边寻找克之的佐竹周三又发现了什么？

“那边好像也没有哦。”

实矢回头望了望自己走过来的路，说道：“我先走了。”

只见他绕过遥佳和邦江，一溜儿烟似的沿着森林小路跑去。

遥佳突然想起实矢额头上的那道旧伤疤，便向邦江询问起来。关于那道伤疤是什么时候怎样造成的，邦江只回答说：“是少爷五岁的时候弄伤的。”

至于受伤原因，也不知道邦江是否清楚。她只是脸色黯淡，默默地摇头而已。

5

“怎么了？无精打采的声音。难得我一有结果就早早地向你汇报，你就不能兴奋一些？”

舅舅打来电话，已经是晚上七点之后了。

“啊，对不起，舅舅。”

拓也以为这准是遥佳打过来的，于是立即拿起电话。一听是舅舅，竟然不自觉地说出“什么啊，原来是舅舅”这样的话，委实有些惹人生气。

三点过后仍不见她打来电话，一定是没找到打电话的机会，可是过了五六点仍然一通电话也没有。他越来越担心，本来是正要打电话过去的。

“对不起，稍微有点事……”拓也有些含糊其词，“调查到了吗？”

“差不多。”

“不愧是舅舅，真靠得住。”

“听完之后再表扬也不迟。”

说着，舅舅清了清嗓子，开始他的“报告”。

“首先，园城寺家确实有一位名叫亚希的长男，这个我通过政府机关已经查证过。”

“果然……”

“园城寺亚希。亚是亚爱一郎的亚，希是希望的希。”

“什么亚爱一郎？”

“明明这么喜欢魔术，却连亚爱一郎都不知道啊。也罢，怎么着都行。就是亚热带的亚，或者是亚流的亚。”

“什么？”

“然后呢，问题就在于那个亚希现在在哪里。那一片区域的公立学校我几乎都打电话咨询了，没有一个名叫园城寺亚希的在校学生，也没有入学和转校的记录。也就是说，亚希很可能念的是私立学校，或者说念过私立学校的可能性大一些。”

“是啊。实矢和麻堵好像上的也是私立学校。”

“是吗——于是，我就去了羽根木。”

“您还去园城寺家拜访过吗？”

“还没到那种程度。不过那真是非常气派的别墅啊，可惜我没进去。”

“然后呢？”

“我只在附近走访探听了一些事情。发现邻居有几家门前坐着一些爱说三道四的妇女，嗯，稍微称赞了她们几句，就轻而易举地得到一些信息——”

像是摆架子一般，舅舅稍微停了停，又继续说道：“从结论上说呢，园城寺亚希现在下落不明。”

“下落不明？也就是说……”

“喂喂，安静一点，先听我把话说完。”

“啊，对不起。”

“亚希是从去年七月开始下落不明的。对了，在这之前，先说一下我所掌握的关于亚希是什么样的少年的信息比较好一些……

“园城寺亚希，是园城寺准雄和园城寺香橙的长子，出生于十四年前。肤色白皙，身材矮小，不是很爱说话。小学、中学上的都是私立学校，和实矢、麻堵现在上的学校一样。

“园城寺准雄对自己的孩子特别严厉，这在附近似乎很有名。不止是实矢和麻堵，对亚希这个孩子也是一样。他是位非常严厉的父亲。

“但是，园城寺准雄之所以会那样严厉，实际上是有原因的——也可以说是个契机。附近的那些妇女是这样说的。

“那次事故发生在不到十年前，也就是亚希五岁的时候。来家里串门的亲戚的孩子好像被亚希弄死了。”

“被亚希弄死？”拓也有些吃惊。

“到底是怎么回事？”

“具体是什么引发的事故，谁也不清楚。不过可能不仅仅是事故，好像是亚希擅自抱着孩子从楼梯上摔了下去，还有的说是从阳台掉到院子里，附近大都是这种毫无根据的闲言碎语。还有一种更过分的说法，说亚希神经有些不正常，那天突然发病才杀死孩子，诸如此类。不止这些，还听她们说，亚希本身和周围的孩子就有些不一样。”

“有些不一样，什么意思？”

“啊，就是些类似不太爱说话啊，头发颜色不一样啊。”舅舅稍微有些沉闷地继续说道，“关于亚希，还有很多其他谣言。大多都是些当面说不出来的、满含恶意的中伤。也就是说，他几乎没有什么朋友，在学校也被认定为‘问题儿童’，拒绝上学，往返于精神病医院，这般那般……”

“真是些过分的话。”

“确实。不过，这种事也挺常见的。”

“话是这样说……”

“但是，不管怎样，因为那次的婴儿死亡事件，父亲准雄对亚希的态度变得异常严厉，这个你总该同意吧？”

“是啊。”

“接下来，就是去年亚希行踪不明的过程了……

“那是暑假发生在林间夏令营的惨案。在作为活动之一的登山途中，包含亚希在内的四名学生和队伍走散，最后在深山里发现他们惨死的尸体。”

“这个案子我跟报社的朋友打听并确认过，我也有些印象。”说起来，去年夏天确实有过这桩惨案。拓也记得当时这个谜样的猎奇杀人案曾引起相当大的轰动。

“那是在双叶山上发生的惨案吧？”

“是的。发现四人走散后，警察随即展开搜索，花了一天多时间才找到。可惜只剩下几个被残忍杀害的人的尸体。犯人一直没有查出，也有种说法是被熊类袭击致死。”

“那么，你刚才说亚希行踪不明的意思是？”

“只有亚希的尸体没在现场发现。其余三人的尸体实在是惨不忍睹，一个手腕被扭断，一个肚子被劈成两半，还有一个头被砍下最终也没找到。”

“那桩案子这么惨吗？”

“是啊。听说最后也只能解释说山中有发疯的杀人狂魔出没，譬如杰森[1]这样的家伙。”

舅舅认真地引用着有名的B级恐怖电影主人公的名字。“不管怎样搜寻，就是找不到亚希。警察最终也只能定论，亚希和其他三人一样遇害了。也就是说，亚希后来一直下落不明，尸体到现在都还没有发现。”

“原来如此。”拓也叹了口气。

“以上，就是这半天努力查出的结果。如果再要深究的话，还需要一点时间。”

“嗯，好啊，也是。”

拓也拿着电话，叼了根烟。“谢谢舅舅。总之，明白这些就

① 杰森·沃赫斯（Jason Voorhees），出自《十三号星期五》系列电影的杀人狂。与《德州电锯杀人狂》中的人皮脸、《月光光心慌慌》中的麦克尔·麦尔斯和《猛鬼街》中的弗莱迪·克鲁格并称“影史四大杀人魔”。

够了。”

“是吗？”

“是啊。总算是——嗯，这样一来就合情合理了，我这边的一些疑问也没有了。”

“呵呵，是吗？想听听你的推理呢。”

“哪能说得上什么推理啊，只是这样连贯起来就完全合情合理而已。”

“无所谓啊，快跟我说一说。”

“也就是说，我在想是不是这样的，去年七月下落不明的亚希，实际上又悄悄回到家里。”

“嗯？”

“他还活着，然后一个人回家了。虽然不知道发生了什么，总之他安然无恙地回家了。从山中出来的时候没有被任何人发现，就那样悄悄地回家了。他敲开家门，虽然有些地方有些勉强，总之我们先那样假设着。然后——”

“那时，园城寺准雄会怎么想呢？这是关键。是为自己孩子的生还而高兴，跟大家奔走相告吗？他会采取那样的行动吗？”

“你觉得不会？”

“对。”

拓也有些沉重地说道：

“显然，比起惊喜，他更多的是恐惧。其余三人都被如此残忍地杀害，为什么只有自己的儿子亚希平安地归来？为什么亚希谁都没有告诉，就这样悄悄地回来……”

“会不会亚希就是那桩惨案的犯人？他会这样想？”

“是的。惨案的真相到底是怎样的，我们暂时先不说，至少园城寺准雄肯定是怀疑亚希的。假设他原本就把亚希认定为‘问题儿童’的话，那就更加可以确定。

“于是——他要将可能是惨案杀人犯的儿子以‘行踪不明’的名义掩盖在这场公开的事实中。他将亚希当成一个经常不知道自己干了什么，或者‘精神不正常’、别人难以理解的危险存在。他惧怕亚希，厌恶亚希，然后将他从世人眼中完全抹去。当然这里面还涉及他个人以及园城寺家的名誉问题。”

“可是，那毕竟是自己的亲生孩子啊，那样的话总有点儿……”

“正因为有血缘关系，他才不允许自己有这样的儿子存在。”

“嗯。原来如此啊。”舅舅大声感叹道，“你的想象真是大胆啊。干脆不要考研究生了，直接当作家得了。”

“舅舅不要嘲笑我了。”

“——然后呢，你是说园城寺准雄将亚希与世隔绝的地方就是乌裂野的别墅吗？”

“应该是这样。亚希果然是被囚禁在了那栋洋房的阁楼里。”

“真令人恐惧。”

舅舅再次大声感叹。“都推理到这一步了，以后你想怎么办，拓也？”

“这个……”

“总之你想继续探究的心情我可以理解，不过还是别再继续下去了。”

“——是啊。”

“你不会是想救出被囚禁的亚希吧？”

“哪有……我可没想那么多。”

“那就好——听着，园城寺准雄这个男人，不管是家世还是现在的地位，都不容小觑。如果你鲁莽地继续追究下去，最终遭殃的反而会是你。这些你一定要慎重考虑好。”

“嗯，我知道。谢谢舅舅的忠告。”

“我这边也可以再稍微调查一下。”

“不用了，舅舅。这些就足够了。”这是拓也的真心话，“总之关于亚希的事情，我这边不会轻举妄动，你不用担心。”

“再有什么事，找我就行。听见了吗？”

“谢谢舅舅。外甥感激不尽啊。”

“那再见吧。要再说下去会有些不方便吧。”

还没来得及揣摩其中的意思，舅舅那头便咯咯地低声笑起来。“你不是在等她的电话吗？”

拓也只能暗想，原来全被舅舅看透了。

6

遥佳和邦江“搜索”回来，已经是下午五点多。

当然，遥佳心想，在那边的森林里是不会找到克之的。比她们晚回来的佐竹周三报告说，他沿着湖面一直寻找，也没有找到什么。

也就是说，像昨晚他们看到的一样，湖边没有克之的尸体。她有些放下心来，同时内心又充满疑惑。

（那人到底消失到哪里去了……）

安达雅代更加担心了——她用更加歇斯底里的声音朝着三人吼着，怒气冲冲地谴责他们：“你们好好找过了吗？都去哪里找了？你们找的方法对不对？”

遥佳心想，待会儿她就该说，必须叫警察过来解决之类的话了吧。

“……说是先不要叫警察……啊，要是那孩子有个万一，他又要说什么。”她丑陋的脸上眉头紧皱，自言自语地嘟囔着。

“哥哥不想让警察来这个家，啊，快疯了，真是的……”

她在责备园城寺准雄。似乎刚才园城寺老爷在电话里说让她再稍微看看情况之类的话。

就是因为她一直在大厅里打电话磨叽，遥佳才完全找不到机会给拓也打电话。他一定很担心吧？也不见他有打电话过来。也就是说他那里也没发现什么紧急状况吧。晚饭的气氛十分尴尬。

雅代一个劲儿地喝着啤酒，不停地担心着、抱怨着，责备她哥哥，责备邦江和遥佳，之后又把矛头指向默默吃饭的实矢和麻堵身上。

“你们不会做了什么坏事吧？”

“喂，雅代。”初子温和地劝诫道，好像发生什么事她都知道似的，“别这样，别像准雄一样那么严厉地责备孩子。”

“可是，妈妈，克之他……”

“克之是个调皮的孩子。咳，咳。”

“可是，这些孩子……”

“我们不知道。”实矢站了起来。

“我们不知道。”麻堵也跟着回答道。

“哼，是这样吗？本来你们就——”

雅代好像要说“不喜欢我”之类的话。

“听好了，哥哥也不喜欢你们。他害怕你们，所以才对你们那么严厉。”

两人没有要反驳的意思，只是用他们褐色的眼睛冷冷地轻蔑地看着姑姑的醉态。

“天使的脸蛋下面，还不知道藏了些什么东西呢。”

雅代一边焦急地用锉刀磨着她涂着鲜红指甲油的长指甲，一边发着牢骚。

“本来啊，你们的哥……”

像是突然想起什么似的，她闭上了嘴。然后将视线转向遥佳。

（你们的哥……哥吗？）

遥佳想也没想，抬头望向饭厅的顶棚。

（亚希——小亚……）

“喂，等一等，你们两个，想逃吗？实矢，麻堵。说点儿你们不爱听的，你们就……”

少年们无视还想继续纠缠下去的雅代的叫喊，跑到香橙那里。

“妈妈，咱们上楼吧。”

“妈妈，走吧，我扶着您。”

雅代喝得醉醺醺的，摇摇晃晃走上二楼时，已是傍晚七点半左右。遥佳稍微帮忙收拾了一下晚饭残余，终于一个人站在了电话台旁边。

这时，已经差不多八点了。

仿佛盗贼潜入别人家一般，遥佳先是侧耳倾听有没有走近的脚步声，确认无人后便轻轻地拿起话筒，拨打着已在心中重复过无数遍的号码。

7

舅舅的电话刚挂断，几乎同时，电话又丁零零地响起来了。第一声铃响还没结束，拓也便立即拿起电话。

“喂，龙川吗？”

“对不起。”

是遥佳的声音。拓也总算是放下心来。“太好了，刚才我还一直担心呢。”

“一直找不到合适的机会，雅代小姐叫我们去森林里找。”

“不会找到了吧？”

“没有。”

“没说要报警吗？”

“还没说。但是，明天肯定就能出搜捕令了吧。”

“——这样啊。”

“呃，你那边怎么样啊？”遥佳问道，“湖边那一带佐竹先生好像也去找过，他说什么都没有。”

“什么都没有……嗯，确实是什么都没有。”

拓也尽量保持冷静的声音，继续说道：“首先，我去昨晚咱们去的那个地方附近看了看，确实没有尸体。这个可以确定。”

“可是……”

“只是，崖上确实有人滚落的痕迹，而且，岸边的岩石上也有类似血迹的东西。”

“血！”遥佳发出了细小的惨叫声，“啊，那么……”

“克之掉下断崖，受了伤，这个可以确定。不过龙川，我今天在那里发现了一个比较奇怪的东西。”

“奇怪的东西？”

“嗯。”

那是麻堵离去之后他才发现的。在离那块岩石一厘米左右的草丛中，有块粘满血迹的小石头。

“这很奇怪吧？石头有两个拳头那么大，感觉上面的血不是溅上去的，更多像是粘上去的一样。”

“……”

“还有，岩石上的血迹，如果只是从悬崖上掉下去撞到的话，应该不会有那么多。”

“可是——可是，究竟是怎么回事？”

“如果说那块小石头上的血和岩石上的血都是克之的，那么，做个极端的想象，可能有人又故意砸了已经昏倒的克之的头部。”

“怎么可能？”

“这样就可以解释得通了。昨晚你离开之后，有人到悬崖下面将失去意识的克之杀死，然后将尸体藏在某个地方——你觉得如何？”

“怎么可能？会是谁能做这样的事？”

“我也觉得很不可思议。可是——”拓也停了下来。

如果刚才的假设都是正确的，那么会是谁干的？又是谁将克之杀害，将尸体藏起来了呢？

对于这些疑问，他心里有一个答案。虽然没有十足的证据和把握，但是……

（——亚希。）

刚才舅舅的调查，更加坚定了他的猜测。

（如果亚希真的精神不正常——是个发疯的孩子。）

“总之现在——”拓也感到脊背发凉，说道，“再等一晚上吧，到那时如果克之还没回来，横竖都得报警。”

“——好。”

“没关系。要真到那个时候，你就把知道的真相说出来，我会给你做证。”

“……”

“还有——”

拓也有些担心一言不发的遥佳，继续说道：

“实际上刚才我舅舅来电话了。可能你现在没有心情听，但是还是请你听一听。或许，跟昨天的事情有关联也说不定，好吗？”

“——好。”

“是关于亚希的。事实上确实有园城寺亚希这个孩子存在。他从去年七月开始下落不明，不过现在应该住在那栋房子的阁楼上……”

“啊——”

遥佳突然喊了一声，打断了拓也的话。

“怎么了？”

“刚才——你没听到吗？好像有人在惨叫。”

“啊？”

“好像发生了什么。”

几乎与遥佳惊慌失措的声音重合，拓也也听到某些异样的、不像是人类发出来的尖锐的叫声。

8

“那家伙已经死了。”少年说道。

“已经回不来了。”

“什，什么？”

女人的脸抽搐着。黑暗的阳台上面——夜色星光中，女人瘦削的脸极其丑陋地扭曲着。

“怎么突然说这个……”

仿佛被少年冰冷的眼神压倒，女人不自觉地一点点往后退去。因为醉得相当厉害，她连脚跟都站不稳，肩膀也一个劲儿地来回摇晃。

“姑姑一直都在欺负妈妈！”

少年刚才都听见了。这个女人毫不客气地闯入妈妈的房间，对着不能讲话的妈妈说了很多过分的话。

从很久很久以前，她就一直对妈妈恶语相向。在爸爸面前还表现得不是那么露骨，不过背地里总是说三道四。

——竟然生出那样的孩子来……

——表面上虽然看不出来，可是那孩子精神上绝对有问题。

——那两个小的又怎么样呢。

——哥哥真是可怜，那么害怕自己的孩子。对啊，就是说啊，他自己说害怕那孩子，哥哥亲口跟我说的。

——嗯，虽然不能说是你的错，但是啊……

“这不是妈妈的错，实矢和麻堵也不是坏孩子，我也不是。”

“你——”

女人使劲揉搓着眼睛。“为什么你？”

“反而是克之，不一直都是个浑蛋吗？为什么姑姑——还有爸爸，都不教训他呢？”

“什……什么啊？”

“杀死婴儿的不就是那浑蛋吗？”

“不要乱说。”

女人反驳着少年。她的脸变得更加扭曲，频频地揉搓眼睛。

“你，不会是……”

她再次向后退去，背已经抵在阳台的栏杆上。

“难道，难道是……”

“我还活着呢。”

少年说道。他的背后是屋里照射出来的灯光，恐怕从女人的位置很难看清少年现在是什么表情。

“我还活着呢，实矢和麻堵都知道，不过……”

“怎么可能！”

女人双手捂住张得大大的红色嘴唇，背顶在栏杆上，然后——只听见木头发出嘎吱嘎吱折断的声音。女人的身体同时向后倒去。

“啊！”

伴随着一声撕心裂肺的惨叫声，她就这样坠入黑暗中。几乎是同时，惨叫声中断。

少年跑到阳台边缘往下看。

黑暗的后院地面上，女人的身影死死地躺在地面上，一动不动……

少年刚想往回走，这次是房间里传来一声异样的叫喊。

“……啊……啊……”

园城寺香橙——妈妈正站在打开着的阳台门对面，双手抱着头死死地盯着这边，然后——

“啊啊啊……啊啊啊啊……”

刚开始是低吟，后来逐渐变大，到最后变得异常尖锐。

少年慌忙跑进屋里，绕过仍在继续喊叫着的妈妈，快速逃出屋子。

9

刚开始只听到一声短短的惨叫声，分不清是从哪里传出的，是谁在喊叫，只是微弱地传到昏暗的大厅里，接着便停了。

“啊！”遥佳不由自主地抬高声音。

“怎么了？”拓也惊讶地问道。

“刚才——你没听见吗？”

站在电话台前的遥佳惶恐不安地望向四周。“好像是人的惨叫声。”

“啊？”

从哪里传过来的？是谁的叫声？

应该不近。似乎离这里较远——但确实是在别墅里。遥佳战战兢兢地抬起头往上看。“好像发生了什么。”

与此同时，楼上又传来一声异样的叫声，比刚才的惨叫声更大更尖锐。

“刚才是什么声音？发生什么事了吗？”

“不知道啊。不过，好像是从二楼传过来的……啊。”

吧嗒吧嗒吧嗒……琐碎的脚步声在头顶上响起，是谁在二楼走廊上快跑？声音接着又转移到了楼梯口。

“怎么了？”

“呃，好像有人……”

遥佳紧握电话，往楼梯方向望去。但是，从这个位置看不见楼梯正面，所以她也不清楚是谁从楼梯上跑了下来。

二楼的惨叫声还在继续。虽然已经渐渐变小、减弱，但很明显，一定是发生了什么异常的事情。

“我去看看。”

约好一会儿给他打过去后，遥佳离开了电话台。当她跑到楼梯口时，二楼跑下来的人影已不见踪影。

她无暇顾及那人到底跑去了哪里，拔腿就往二楼奔去。

跑到差不多楼梯中央后，她确定了叫声的方向。正对着楼梯左手边——也就是说，是从雅代或者香橙的屋里传出来的？

“龙川老师。”

有人在叫她，声音从下面传来。她回头一望，是佐竹邦江正从饭厅那边往大厅跑。

“刚才那个声音是怎么回事？”

“我正要去看呢！”

从二楼楼梯口来到走廊，她看见左手边最里面的那间房子开着门。那是香橙的房间。

(那么——)

遥佳在走廊上狂奔。

(那么，这个声音……)

是香橙的声音吧。一年来一直沉默不语的香橙，会发出这么异样的叫声吗？

遥佳从开着的房门跑进来时，与以往一直坐在椅子上望向窗外不同，园城寺香橙正一人站在屋里的阳台门前——

“夫人！”

香橙两只手用力地捂着脸，没有回应遥佳，只是对着打开的白色阳台门，静静地伫立着。外面吹进来的夜风，将她米色睡袍的底摆和满头长发吹得飘了起来。那叫声确实是从她嘴里发出来的。

“究竟是怎么回事？”

香橙已不再叫喊，而是发出类似呻吟、喘息的那种低低的断断续续的声音。

“夫人，到底发生了什么事？”

遥佳又问了一遍，香橙还是没有回应。

遥佳绕到她面前，看着她的脸。她仍旧直勾勾地望向阳台，静静地站着，一动不动，脸上写满了惊愕（或者说恐惧？）……

遥佳将香橙托付给稍后跑进来的邦江，自己一人往阳台那边走去。阳台的门为什么是开着的？应该不是香橙自己打开的。那么是谁找开的？

与以往死盯着窗户不同，香橙现在一动不动地望着阳台外面。

那表情，那声音，还有——还有，刚才跑下楼梯的脚步声……

来到阳台，遥佳立即发现有些不对劲。正面的栏杆扶手坏了。有人从这里掉下去了吗？遥佳终于想到了这个。

香橙在房里看到这一切，所以才会……

她继续往前走，越过被折得凌乱的木质扶手，往下望去。此时，她的脑海里越发想起昨晚从断崖上往湖岸看的情形。

"啊！"

和预想的一样，阳台下的地面上，横躺着一个失足跌落的人。那不是安达雅代吗？

遥佳用手抵着额头，踉踉跄跄地向后退去。

"邦……邦江夫人，不好了……"

"不好了，不好了。"

耳边传来重复的声音，遥佳吓了一跳。不知何时，园城寺初子已经站在门的对面。

"不好了，不好了……到底发生了什么？"

"啊，不可以。那里很危险。"

老太太躲开遥佳想要拉住她的手，摇摇晃晃地走到阳台旁边，一边嘟囔着"在哪儿，在哪儿"，一边将头探了出去。

“奶奶，危险，那里的扶手坏了——邦江！不得了了。雅代小姐掉到下面去了……”

初子仿佛没有听见遥佳的叫喊，死死地盯着阳台下面，一动不动。遥佳心想，老太太精神恍惚，估计还没搞清楚发生了什么事吧。于是，她双手箍住老太太的手腕，欲将她拉回。这时——

“……亚……希……”

老太太嘴里发出嘶哑的低语声。

“……亚希……”

确实是在叫“亚希”这个名字。“奶奶，来，我们到这边来。”

遥佳使劲拉扯她的胳膊，她却不动弹。然后——

“呜，呜呜呜……”

低语声渐渐变成抽噎，然后——

“喔喔……喔喔喔喔喔喔……”

她蹲了下来，趴在地上，死死地抱住阳台的边缘，颤巍巍地挤出几声喊叫。

第七章　怯懦的旋涡

实矢，姑姑真的死了吗？

——嗯。

不是我们的错吧？

当然不——也不是小亚的错。对吧，小亚？

……是啊。

是姑姑自己掉下去的，对吗？

对啊。而且我之前不是说过吗？那个女人，像个魔女。

也对。

对吧，麻堵？

嗯，嗯。

所以……

1

好不容易将一直喊叫不停的初子拖回房间，遥佳怕她又跑去阳台，于是将阳台门关上，拉下挂钩。将初子和香橙拜托给一旁脸色苍白、战战兢兢的邦江后，她急忙跑下楼去。

跑到一楼大厅，她首先给拓也打了个电话。“雅代小姐从二楼上摔了下来，你能不能马上过来一下？”匆匆忙忙地也没来得及说明详细情况。然后，她从大门口飞奔出去。

跑进漆黑的庭院，来到出事的阳台下时，雅代的身体就像刚才从上面往下看时的状态一样，扭曲在干枯的草坪上。

“雅代小姐！”

她已气绝身亡，这点从她那不自然的姿势上便一目了然。

“雅代小姐……”

只见她仰面朝天，头部一侧仿佛深陷在右肩里面似的，极度扭曲。手脚胡乱地摊在两旁，一动也不动。她身穿鲜艳的黄绿色连衣裙，这不禁让人联想起柏油路边被压扁的青蛙残骸。

尽管如此，遥佳还是抑制住恐惧，鼓起勇气，伸手去够雅代绵软的右手腕。她试了试脉搏，听了听心脏和呼吸，果然已是回天乏术。

她混乱内心的某个角落，又闪过昨晚的情形。

昨晚应该先到湖边看看克之的情况。当时她非常不冷静，也没考虑那么周全。如果那时能好好确认一下那个男人到底怎么样了——是死了还是暂时失去意识的话……

她想起拓也刚才说的话。

残留在岩石上的血迹。沾满血污的小石头。可能真的有人在那之后将尚有气息的克之杀死了？

究竟是怎么回事？遥佳还不是很清楚。

园城寺家果然有一个名叫“亚希”的孩子，拓也说他现在“下落不明”。那么，这个孩子果真在这栋别墅的阁楼里……

不一会儿，佐竹周三也赶到这里。

平常总板着脸，从来面无表情的他，现在竟也显得特别慌乱。

“啊，这是怎么了？”

只见他踉踉跄跄地跑过来，想要抱起雅代的尸体。“唔，等等……不能动她。”

“她的头骨已经断了。”遥佳说道，“但是，呃，最好能叫救护车来。”

“可是……”

佐竹将手抽回，望向遥佳。

“是说她还有救吗？”

“……”

“你不是护士吗？我问你是有救还是没救？”

“我觉得应该是没救了。但是最好……”

佐竹低声吼道：“得问一下老爷。”

“可是——”遥佳心想，不是应该叫警察来吗？如果是这种死法，那就说明……

“呃，警察……”她刚想说话。

“得问一下老爷。”佐竹又说道，“可是，园城寺老爷在东京啊。”

“我们不能随便叫警察过来。”

“为什么……”

说起来，今天雅代也说过。说准雄先生命令先不要报警寻找克之。她还说，哥哥讨厌警察来家里。

遥佳一时语塞，抬头望向黑暗中伫立着的佐竹。

“得先问一下老爷怎么办。”

他再次重复着这句话。与他淡淡的貌似平静的声音相反，他的脸上写满强烈的狼狈与怯懦。

这时，遥佳看见前院有两个小人影往这边赶来。“啊，不行！”

遥佳大声说着，往那边挪了几步。

“别过来，你们两人都别过来。”

是实矢和麻堵。他们听见骚动，便从屋里出来，两人身穿不同颜色的睡衣，急急忙忙往这边跑。

“雅代姑姑从二楼摔了下来，你们不能看。”为了不让两人看到尸体，遥佳故意张开双臂。

“可是，老师。”

“姑姑，她死了吗？”

“不要担心。”遥佳仍然张着双臂，往两人面前走去，“听话，乖乖回屋，要睡觉了不是吗？”

“可是……”

“为什么不能看啊？”

“小孩子不能看。乖，你们都是好孩子，快点回屋吧。”

这时，遥佳注意到两人背后有个人影正步履蹒跚地走过来，她吃了一惊，不再说话。从体形和摇晃着的脚步来看，她明白，是园城寺初子从二楼上下来了。

“……亚亚亚……亚希啊……”低低的嘶哑声断断续续地传过来，“真是可怜啊，可怜啊……”

“啊，奶奶。”

“奶奶。”

两个孩子同时回头。

初子不顾孙子们的喊叫，仍旧夹着呜咽反复低语着，慢慢地朝这边走来。

“奶奶，您快回去吧。这里交给我们，您和孩子们一起回去吧。”遥佳这样说道。但老太太丝毫没有停止的意思，她的和服乱糟糟的，脚上也没有穿鞋子。“亚希……亚希死了。”

“不是的，奶奶！”麻堵叫喊着，“是雅代姑姑死了。”

"……亚亚……亚希他……"

"我说不是亚希啦！对吧，实矢？"

"对啊。是姑姑死了。"

初子停下脚步，眼神空洞地望着两个孩子。

"啊——实矢？麻堵？啊，你们也真可怜。"

"奶奶。"

"奶奶……"

"咳！"初子将视线转向少年和遥佳背后，突然发出一声惨叫。"啊啊，你看，在那边啊。"

老太太从三人中间挤过，朝着阳台下躺着的雅代尸体踉跄地奔过去。

"亚亚亚……"

初子的哽咽越来越大，她推开想要阻止她的佐竹，死死地抱住尸体。

"亚希我的孩子啊……真可怜，竟然落得这个地步……"

"老夫人。"佐竹慌忙将手放在初子肩上，"请您冷静一下，老夫人。"

"我们走吧，麻堵。"实矢说着，转过身去，"奶奶脑袋不太好使了。"

"嗯，嗯。"

"她把姑姑和亚希弄混了。"

"对啊。"

两个孩子走了之后，初子还在继续哭喊着。

佐竹和遥佳两人合力好不容易将她从尸体上拉开，刚想把她带回屋里冷静一下，门前传来一个特别的引擎声。拓也到了。

2

确定四周没人之后，少年蹑手蹑脚地走近后院的那个地方。二楼阳台的正下方——

那里有个头部扭曲，手脚摊开，仰面朝天的女人尸体。她生前的聒噪变得很虚幻，此时竟没有一丝声响，而且一动不动。

毫无疑问，她已经死了。动作得快点，少年心想。

在再次有人来之前，要抓紧。

他蹲在尸体旁边，右手紧握一把小型钳子，左手拿起躺在地面上的女尸的一只手。

（一个是——）

瘦骨嶙峋的女人的手，指甲上面涂着的鲜红色指甲油，在黑暗中看起来，比昨晚男人头里流出的血还要殷红。

哪根手指呢？他有些迷茫。

应该没有规定。但是，他总觉得不应该是小指和拇指。

（一个是——）

最终，他决定选择中指。因为他觉得那长长的指甲形状最适合不过。

（魔女的指甲。）

3

悠木拓也驱车来了之后，园城寺家的洋房终于算是平静了下来，大家也不再手忙脚乱。

香橙又恢复到以前的不说话状态，由邦江领着去了别的房间休息。初子谁都不理，也没有要回屋的意思，不过现在倒是不哭不喊，只是精神恍惚地坐在饭厅椅子上。邦江正为初子制作掺白兰地的红茶，她的丈夫周三则又往大厅的电话台走去，准备再次联系园城寺准雄。

拓也被引到一楼客厅里，听完遥佳的大概讲述后，已是晚上十点多了。

"……脚步声吗？"

拓也深深蹙眉，低声确认道。

"从二楼跑下来的声音——但没看见人影，对吗？"

"嗯。"遥佳点点头，"因为电话台在楼梯的里侧。"

“下来后也不清楚往哪个方向去了？”

“我只顾注意二楼的喊叫声了。不过——”

遥佳慢慢地眨眨眼，说道：

“因为是我视线看不到的地方，所以，要么他直接出了大门，要么就往那边的走廊去了——站在大门处往里看的左侧走廊。”

“佐竹夫人呢？她从哪里出来？”

“应该是从饭厅方向出来。”

饭厅在站在大门处往里看的右侧走廊。

“总之，那个脚步声是谁的，我们现在还完全没有头绪。走路方式什么的没有什么特征吗？”

“不清楚。真的是一瞬间的事儿。”

“刚才你说‘吧嗒吧嗒的声音’是吧？怎么感觉像小孩子走路的声音。”

“——不知道。”

遥佳叹气似的缓缓地摇摇头。

“我也这么想过，不过，可能不是　　悠木君，你说到底……”

“我也不知道啊。”拓也也左右摇头，“不过，我是说假设，如果雅代的跌落不只是意外这么简单的话，那么你听到的脚步声就有重要意义。”

“不是意外？怎么说？”

“虽然不能确定，但从你刚才所说的情况来看，总感觉……”

“你是说有人——”遥佳压低声音，“有人将她？”

“也有这种可能。”拓也认真地回答。

“当然也可能只是场意外。因为雅代小姐本身醉得就挺厉害——阳台栏杆一直都这么脆弱易断吗？”

“不知道呢，我没去那边看过。不过，这所房子本身就很老旧……”

“嗯。但是另一方面，香橙夫人发出那样的叫喊声，可以想象她应该是亲眼看到了什么特别的场面吧。譬如——”注意到桌上没有烟灰缸，拓也停下他习惯性去摸烟的手。

“她熟悉但却意想不到的人，将雅代小姐推下阳台之类。”

“意想不到的人？”

注视着拓也嘴角的遥佳，眼睛里透着胆怯。

“悠木君，那个人……”

“就是我刚才想在电话里跟你说的事情。虽然还不是百分百的确定，但或许……”

拓也刚想继续说下去，伴随着一声“打扰了”，房间的门被打开。进来的是系着白色围裙的佐竹邦江。

“不好意思打扰二位，佐竹说想借个男劳力用用。”

邦江边翻着眼珠瞅拓也，边说道。

“男劳力？”拓也歪了歪头，“什么事情？”

“他说要把雅代小姐的尸体搬回家中，需要人帮他。”

“要搬尸体吗？”

拓也脑海里瞬间闪过“保护现场”这个词儿。“和园城寺老爷联系上了吗？”

“还没有。”

邦江无力地摇摇头。“好像还没有回家，说是找了很多地方，但怎么都联系不上。”

“不能叫警察来吗？”

“啊，那个。”

邦江一副马上就要哭出来的样子，用怯懦的声音微弱地说道：“老爷他……”

“为什么园城寺老爷那么讨厌警察？”拓也果断地正面出招，“这个家是不是有什么不可告人的秘密？”

“那，那个……”

邦江的脸色突然变得煞白。

“刚才初子老夫人好像对着雅代小姐的尸体喊‘亚希’了吧。那是人名对吗？至于是谁的名字，您和您丈夫应该都知道吧？”

“……”

“您知道实矢君和麻堵君有时候和他一起玩吗？就是那个叫亚希的孩子。两人都喊他小亚。”

“怎么可能——我不知道，我……”

“园城寺亚希。亚热带的亚，希望的希。今年十四岁，是园城寺家的长子。”

“……”

“去年夏天开始下落不明。他被卷入之前轰动一时的双叶山离奇杀人案中，同行三人的尸体均被发现，唯独亚希不见了——对不对？”

“你怎么知道的？”

邦江马上闭上不小心反问的嘴，惶恐不安地低下头。“我总觉得有点奇怪，所以托人稍微调查了一下。”拓也看了看因为吃惊把嘴张得特别大的遥佳，继续说道：

“我并没有什么恶意，也不是打算靠揭发秘密来索取什么。只是，无论是今晚的事情，还是昨晚消失不见的克之，我总感觉是不是跟园城寺亚希以及这个家的秘密有关呢。所以……”

“请不要问了。”

邦江缓缓地摇着头，发出悲痛的声音。“关于亚希少爷的事情——我不能说。啊，所以请您不要问了。”

4

邦江前脚刚逃跑似的离开屋子，佐竹周三后脚就进来了。

不知道他有没有听见刚才的对话，只是，他和妻子一样显得非常胆怯。拓也觉得，别看他胡子拉碴，态度冷淡，实际上却可能出乎意料地软弱。

“总之，请先帮忙把尸体搬进屋里。”他说。

在得到园城寺准雄的指示之前，这件事情千万不能惊动警察。但是，他又不忍心让尸体就这样暴露在夜间的露水里。如果他一个人抬，要是弄伤尸体那就糟糕了……

拓也这时也不想跟他唱反调，便随他出了屋，遥佳也跟了出去。暂且还是先顺着他比较好，拓也心里琢磨着。

他觉得，对这个男人不宜用刚才那种直截了当的问法。而且，拓也还没有看到雅代的尸体和事发现场。与其说他想看——倒不如说，这是一个可以让他看的好机会。

先来到尸体旁的佐竹周三，回头望向拓也，有些生硬地说："能帮我抬着脚吗？

他夹杂着白发的满面胡须里，单纯地写满恐惧。拓也点点头，走到尸体的脚部位置。

只见尸体的两条大腿毫无羞涩地叉开着，两只脚甩了出来。鲜艳的黄绿色连衣裙往上掀着，露出两条瘦削的小腿。拓也伸出双手，抓住尸体的脚腕。

没有想象中那么冷，那么硬。死后约两个半小时——他看着手表估算了一下。对这种微有暖意且绵软的尸体触感，拓也有些不寒而栗。

他不由自主地松开手，直起身来，深深地叹了口气，打量着四周的情形。

涂白的房屋墙壁、栏杆折断的阳台、深处那扇毫无光亮的窗户、幽黑的森林魅影，以及低低地挂在空中的那轮微黄的月亮……

“——咦？”

昏暗青白的景色中，拓也突然发现一个形状奇特的东西，不禁叫出声来。

“怎么了？”遥佳立即询问。

“那里。”拓也指着宽广庭院的深处，“那团白色是什么？”

拓也说的是别墅后面那片广阔森林的前方。四周种着蔓生植物——

应该是玫瑰吧——中央，飘浮着一团白色的东西。那不是人像，好像是个比较陌生的动物……

“啊，那个啊，那是只鹿。”遥佳答道。

“鹿？”

“怎么都无所谓吧。”佐竹插话进来，拓也感觉他明显有些慌张，“那只是个装饰。”

“是只陶制的鹿雕像。”遥佳补充说道，“满意了吧，悠木君。”

佐竹催促着。他在尸体扭曲着的头部旁边蹲了下来，把手放在尸体肩上。

两人合力将尸体抬起。尽管雅代体格偏瘦，但此时没有意识的她还是相当重的。

搬运尸体的路上，佐竹、拓也以及遥佳三人谁都没有说话。气氛相当沉闷，甚至让人感觉，绝对不会再动弹的雅代会不会突然开口说话，来打破这份沉默。

进入大门，刚想问佐竹应该搬去哪里的时候——

（奇怪？）

借着豪华吊灯的光亮，拓也第一次注意到那里。

“稍等一下。”拓也对着佐竹说道。

“又怎么了？”

“那里，她的手……”

尸体的右手指尖几乎接近地板，正左右摇晃着。留得长长的红色指甲的五个手指已经僵硬——中间的那根……

“没有指甲。”

“啊？”

“你看，那根手指的指甲……”

中指指甲完全被剥落了下来。现在外面的那一层，不是指甲油，而是泛着粉红色光泽的活生生的真皮。那种颜色混合着刺眼的血红色，将整个指尖染得通红。

“跌下来的时候刮掉的吧。”佐竹皱着眉头说道。

这是最本能的想法。假设跌落时不小心勾到某处，将指甲从根部剥落，也不是不可能的事。

但这时，遥佳却说："真奇怪。"

"怎么？"

"刚才我跑过去给她把脉的时候……"

"难道不是这样的？"

"嗯。"

遥佳点点头，随即又似乎没有把握似的歪着头。"当时比较暗……呃，但如果手指真是这样的话，我不可能注意不到啊。"

（指甲被剥落。）

拓也的心中似乎看到些什么。

（一个是……）

又消失了。虽然只是一瞬，但他确实觉得自己看到了某些东西。某些非常重要，必须得想起来的东西。

（剥落的指甲。）

受佐竹周三的催促，他们继续走着。拓也有些喘不过气似的，一直在心中重复着这句话。

（被剥落的指甲……）

不久，拓也脑海里便浮现出一件与之相呼应的事情，是三天前遥佳告诉他的一个"谜"。四月森林里发生的那起案件中，不知什么原因，尸体的头发（一个是……）变短了。

那是……

5

晚上十一时十分。

尸体被搬到雅代以前住过的二楼房间。之后，佐竹再次奔向大厅打电话，拓也则和遥佳，经过刚才谈话的客厅往饭厅走去。

饭厅里面，园城寺初子还坐在那里，邦江也在。

穿和服的老太太正缩成一团，坐在宽阔的桌子一角，用旁人听不到的低低的声音自言自语地嘀咕着。她仿佛丢了魂儿一般，死死地盯着桌子的某一点，连拓也他们过来都没有注意到。

“处理完毕。”

拓也朝站在老太太旁边的邦江说道。“佐竹先生又去打电话了。”

邦江轻轻地点头后便沉默着转向别处。看来她对拓也刚才的追问，反应相当强烈。

“关于亚希少爷的事情，我不能说。”——刚才她是这样讲的。“请不要问了——”她的声音充满胆怯和哀求。

她很怯懦——为什么？她在恐惧什么？这个家的秘密——也就是亚希被幽禁在这栋房子的阁楼里（拓也觉得这几乎已经是既定的事实）？对自己隐瞒这个秘密的行为充满罪恶感的缘故？还是对默默承受父亲责罚而被父亲厌恶、害怕着的亚希这个孩子本身的惧怕？

“我去泡茶。”

遥佳说着，往里面走去。“邦江夫人喝不喝？”

这位五十多岁的佣人默默地无力地摇头。这时，餐桌一角老太太的低语声突然大了起来：

“……亚希，他……”

邦江应该听见了这句话。她吓了一跳，肩膀立刻抖动起来。“老夫人。”邦江喊道，“是不是该回屋了。”

邦江把手放在缩成一团的初子背上，可初子却丝毫没有想起身的意思。与虚无的表情相反，她全身看上去像是僵硬了一般。

不一会儿，遥佳便将她准备的两人份红茶端了过来。拓也在餐桌一角坐了下来。

“你也坐下吧。”他朝着邦江说道。

邦江仍旧低着头，不作回答。

“果然还是不能告诉我们，是吗？”

“……”

“那好，那么……”

这时，佐竹周三进来了。他告诉大家仍然没有联系到老爷。“他平时都是几点左右回家？”

被拓也这么一问，佐竹无可奈何般地叹了口气。

“夜里，有时更晚。”

“不知道他去了哪里吗？”

“——不知道。”

“有托人帮忙传达一下吗？”

“跟那边的帮佣说了……”

“也就是说，我们只能等着。”拓也小啜了一口热茶。

“那么。”他开始继续刚才的话题，“佐竹先生你也听一下，还有邦江，好吗？”

佐竹似乎有些畏缩，愠道：

“你到底想干什么？”

“我想跟大家说一下我的想法。”

“……”

“是非常重要的事情。刚才你也看见了吧？雅代小姐的指甲被剥掉。”

“啊，那是……”

“你们可能觉得，我纯粹是个局外人，到底想要说什么。”拓也的声音变得尖锐起来。

“但是，因为龙川小姐找我商量过好多次，对于这里已经发生的和正在发生的一些事情，现在我根据自己的想法做一下总结。”

“……”

“有个叫克之的人，今早失踪了，对吧？今天我在那边的湖岸上发现一些疑似他的血迹，他的头部似乎被人用石头殴打过。”

“你说什么？”

佐竹甚是惊讶，用手抚摸着两颊的胡须。“真的吗？”

“我没有说谎。”

拓也瞥了眼遥佳，毅然决然地说道：

“还有四月份发生在森林中的案件，想必大家都还记得吧。一位名叫朝仓香里的家庭教师（也就是龙川的前任）在森林中身亡的事。”

“那只是个意外。”

“我知道，那件案子最后被判定为意外。可是有一件事情我怎么也想不明白，大家都不记得吗？”

“啊！”是遥佳的声音，“朝仓的头发变短了？像是被谁用剪刀剪掉一样。”

“啊，啊。”

佐竹脸上浮现出相当困惑的神情。

“说起来，还真的……”

“被剪断的头发和被剥掉的指甲，真是个奇妙的巧合。”

拓也认为，这两件事是在明确的意志驱使下，做出的连续性行为。虽然暂时没有理论上的依据，只是，确实存在某种东西。头发和指甲——奇妙的巧合——意味不明的……不，肯定有某种意思。刚才注意到雅代尸体的异样时，有一瞬，他的心中（一个是……）有个东西似乎要浮出水面——就是“那个”。

可“那个”究竟是什么呢？

“不知道你在说什么。”

佐竹一个劲儿地摇着头，估计这其中有一半是真心话。

“你究竟想说什么……”

“那我就直截了当地说了。”

拓也的视线在三人身上扫了一遍，继续说道：“今晚雅代小姐从阳台上摔下来，并不是单纯的意外，我怀疑是不是有人故意将她推下来。听到惨叫声之后，龙川小姐听见有脚步声从二楼跑下来，而且——”

“在龙川小姐跑到阳台下，你们合力将初子老夫人搀扶回房期间，那个人又偷偷返回尸体旁边，将她的指甲剥掉。”

“——怎么可能？”

“我觉得这和四月份朝仓香里的案件中将她头发剪掉的是同一个人，还有今早下落不明的克之，估计也已经被那个人杀害了。”

昨晚遥佳遇袭的事情，他并不打算在这里说。“您觉得呢，佐竹先生？”

“怎么可能，这太荒谬了。”

“您是说不可能？”

佐竹的脸抽搐了一会儿，终于慢慢地点点头。

“那么。”拓也继续说道，“我有个请求，能不能带我们看一下这栋屋子的阁楼？”

6

“为……为什么要……”

佐竹的动摇很明显。他不再看着拓也，有些语塞地说道。“你说那两者到底有什么关系？”

“刚才在那边的客厅里我都问过邦江夫人了，您没有听说吗？”

“什么？”

佐竹转向妻子，呵斥道：“你都胡说什么了？”

“她是这样说的。”用余光瞥见一个劲儿摇头的邦江，拓也说道，“她说，关于园城寺亚希的事情，她不能说，让我不要问她之类的。”

“……”

“我和龙川小姐都知道，园城寺家有个名叫亚希的长子，卷入去年七月份发生的双叶山惨案后便下落不明。实际上后来他活着从山里回来了，但是按照园城寺老爷的命令，他被藏在这栋别墅的阁楼——不，是幽禁。是这样吧？”

“那……那个……”

“初子老夫人……”

拓也望向餐桌角落的老太太。她仍旧一副茫然若失的样子，仿佛周遭的谈话一句都没有听进去。

“为了见亚希，经常深夜里偷偷地跑去阁楼，这些龙川小姐都看见了。而且，亚希有时候还溜出阁楼，和实矢君、麻堵君他们见面。这个你们知道吗？”

“啊？你说什么？”

“实矢君和麻堵君说过，这是谁都不能告诉的秘密。亚希经常避开你们，偷溜出阁楼到外面玩。”

“怎么可能……”

“所以……当然这只是我的想法，刚才所说的一系列案件会不会都是亚希干的呢？”

拓也刚说完，突然——

园城寺初子游离在餐桌上的视线一下子收回。她抬头望向悬挂着大吊灯的天花板，从椅子上站起来。

“老夫人，您怎么了？”邦江吃了一惊，问道。

“给亚希……”老太太幽幽地回答，“给亚希送饭去了吗？”

“老夫人！”

“你没有饿着他吧？”

“啊……”

“真是个可怜的孩子，被大家当成坏人，被排挤。会不会太过分？不管我怎么求情，准雄都不听我的。”

邦江按住起身要走的初子肩膀。“老夫人。”

邦江连连摇头。“您清醒一下！亚希少爷他……”

“你们和准雄一样，就这么害怕那孩子？”

“老夫人……”

老太太吁的一声长叹口气，又坐回椅子上。“……那孩子真可怜，我却什么都没有为他做。”她细细地低语着，视线再次变得游离起来。

“你们……”佐竹周三说道。此时他的声音、语调，还有表情，显得越来越困惑和恐惧。

“你们说，那两个孩子和亚希少爷一起玩，是真的吗？”

“是的。”

拓也点点头。

“是真的。之前我用车将两人送回家时，他们自己说的。说当时他们正和小亚——也就是亚希在森林里玩耍。”

“老……老公。”

邦江有些有气无力，怯懦地望向丈夫。“老公，少爷果然……”

“我也不知道。”

“可是……我很害怕。”

邦江的身体哆嗦着，向丈夫身边靠过去。

“老公，干脆把所有的事情都说出来……”

“佐竹先生。”拓也步步逼近，“能带我们去阁楼看看吗？”佐竹咕的呻吟一声，慢慢抬头望向天花板。被胡须包围着的厚厚的嘴唇，仿佛不胜严寒似的一个劲儿地战栗着。

“佐竹先生？”

他没有立即回答，只是继续沉默。不一会儿——

佐竹耸耸肩深吸一口气，将颓废无力的眼神投向拓也和遥佳，说了句“跟我来”，便慢慢地转过身去。

第八章　尘封的阁楼

大哥哥说啊，这边的湖里没有美人鱼。

你真傻，本来就没有。

我问他，知不知道“人鱼公主”的故事。

你不会已经跟大哥哥说了吧？

没有，还没说呢。不过，他很清楚小亚的事情……

……

……

恋上王子的人鱼公主，借助魔法的力量变成人类。她失去鱼尾，长出两只人类的脚……

嗯。但是，她的声音也被夺去了，对吗？

对啊。

……所以，明白了吗，麻堵？

啊——明白。小亚很久以前就明白吗？

那当然。

1

二楼楼梯口右拐，沿着昏暗漫长的走廊一直走——

和遥佳说的一样，打开的黑门对面，一个又脏又狭窄的楼梯延伸向上。

打开灯，佐竹默默地走在前面，拓也和遥佳排成一列紧随其后，再后面是邦江和初子。

因承受着巨大的重量，古老破旧的楼梯发出巨大的咯吱声。映在褐色木板墙上的人影，与吱吱声相呼应，时长时短，呈现出一幅怪异的景象。

走到楼梯尽头，那里有个约一张榻榻米大小的空间，左手边有扇深褐色的木质门，看起来很结实。约莫成人视线高度处，有扇没有玻璃的小小的长方形窗户。

像监狱一样，拓也心想。

为了将亚希幽禁在此，特意定做的这么一扇门吧。

佐竹从一大串钥匙中剔出一把将门打开。这串钥匙平常就放在饭厅角落的柜子抽屉里。

也就是说——拓也想到，为了帮亚希偷溜出去，实矢和麻堵拿走钥匙也是非常可能的。

随着钥匙被拔出的声响，佐竹转动门把手。他没有说什么，只是慢慢地推开门。

屋里漆黑一片。

“看吧！”

佐竹打开灯，说道。“就是这样。”

房间很宽阔。

什么都没铺的毛地板、沿着屋顶坡面倾斜的天花板、露出的房梁柱子、桌子、椅子、书架、衣柜，还有铺着白色被褥的床……简单的家具零零散散地分布着。这种情形和拓也蒙眬中的想象一样（为了将一个人偷偷关在这里而安排的房间……）。

可是——

屋里却没有亚希的身影。不仅如此，甚至感觉不到有人在这儿生活的气息。地板和家具上堆积着尘埃，到处都是蜘蛛网……

“这里怎么……”

拓也往屋里迈了一步，只听咔嚓一声，脚底下响起清脆的声音。他低头一看，只见靠近门里侧的地板上，巧克力和点心的包装散落一片。满是尘埃的房间里混合着甜得有些发霉的臭味。

里面还有一扇门。

“那边的门是？”

拓也问道。

“是库房。”

佐竹低声答道。虽然声音听起来有些胆怯，但是对于这里谁都没有的情形，他却一点儿都不惊讶。

“不问清楚的话，您是不会罢休的吧？”

“不，不是。不过——”

拓也慢慢地朝屋里走去，说道。

“究竟是怎么回事？这里——为什么这里……”

“就像你刚才所说的，去年夏天老爷确实是将亚希少爷关在这里。”

“可是，房间里……”

“现在没人住了。从去年八月份开始，就没人再来过这里。”

“去年八月？”

拓也皱皱眉。

“亚希下落不明是七月份的事情吧，那……”

“就关了一个月。”

佐竹颤抖着说道。

“您可能觉得很过分，但我只能服从老爷的命令。”

“亚……亚希……”

门外的初子从邦江背后走出来。

“……亚希——哎呀，亚希在哪里？在哪里啊？”

推开佐竹和遥佳，老太太咔嚓咔嚓地踩碎散落一地的点心进了房间。她的目光游离不定，边环顾着四周，边绕过伫立着的拓也，径直朝屋子深处的窗边走去。

“老夫人最近是完全糊涂了。”佐竹说道，“春天来的时候，状态还不错。她不太了解情况，所以——”

他的目光落在满地的点心上。

“我也不知道老夫人在做这种事。”

“……亚希……亚希啊……”

“请问一下，佐竹先生。”拓也有些百思不得其解，“那么他——我说的是亚希，他现在在哪里呢？你刚才说他只被关了一个月，在那之后亚希又被转移到别处去了吗？”

“从那里——”

佐竹朝那边努努下巴，那是老太太刚刚奔过去的房间深处的那扇窗户。

“从那扇窗户摔下去了，他想从这里逃走。”

“你说什么？”

这时，初子突然大叫起来：“亚希亚希……”她口中边念叨着这个名字，边将脸凑近那扇扯着白色窗帘的窗户。

“那么，也就是说，亚希难道就这样……”

“——死了。”

佐竹呻吟道。

"我们以为他已经死了。"

2

园城寺亚希去年八月份已经死了？

拓也再次看看佐竹，又望向将脸贴在窗户上撕心裂肺地哭喊着的老太太。

"所以，刚才——"遥佳开口说道，"刚才看到从阳台上摔下去的雅代，奶奶以为是……"

是因为想起亚希从这里掉下去的情形，将它与现实混淆了吧。

"香橙夫人之所以会变成现在这样，我觉得也是因为那次的打击。"一直沉默不语的邦江此时怯生生地开口说道。

"夫人是反对将少爷关在这种地方的，但又不得不听从老爷的命令……为此，夫人一直很烦恼。所以那天亲眼看见少爷遭遇那样的事后，夫人就……"

"可是，亚希他——"

拓也插进话来，将问题转移。"亚希的尸体是怎么处理的？现在在哪里？"

"——埋了。"

佐竹答道。

“按照老爷的吩咐，装进箱子埋了起来。”

“埋在哪里？”

“后院。”

“——啊！”

遥佳喊出声来。

“不会是——那个白鹿雕像的下面吧？”

“——是的。”

“啊，所以香橙夫人总是一动不动地看着那里……”

“可是，佐竹先生。”拓也又说道，“如果亚希真的死了，那实矢君他们到底在跟谁玩呢？你是说，这附近还有其他叫作小亚的孩子吗？”

“不清楚。”佐竹有些发抖，“所以，我们很害怕。所以——正因为你那样说，我们才到这里……”

“你刚才好像说过，你们以为他已经死了。那是不是说亚希还活着？”

“我们也不知道。”

“尸体确实已经埋了吗？当时是谁埋的？”

“——是我。确实埋了。不过和刚才雅代小姐的尸体不同，那时候少爷的尸体，怎么说呢，真的很漂亮……”

“漂亮？”

“啊。虽然从窗户上摔了下去，但是没像雅代小姐这样摔断脖子，也没流多少血。”

“但是，已经死了不是吗？”

“嗯，心脏已经停止跳动。”

“医生怎么说？”

“没，没请医生。”

佐竹低下苍白的脸，左右摇头。

“就那样埋起来了？”

“啊。老爷当时恰巧在这边，立刻就让埋了。”

没有叫医生，也没举行葬礼，就将自己儿子土葬在后院里吗？拓也想起严厉训斥实矢和麻堵的园城寺准雄的脸，抑制不住地战栗起来。

“不过，有件事情很奇怪。”佐竹继续说道。

“把少爷土葬后的第二天，作为标记的鹿的朝向……”

“鹿的朝向？”

“嗯，总觉得有些不一样。好像稍微有些歪斜。”

然后，佐竹看看自己的妻子。“我也对内人说过这件事，她说一定是我多心了。”

“那是因为你……”

“我一直很在意。”

“我也是……”

“您在怀疑亚希是不是复活了？”对拓也的提问，佐竹轻轻地点头。

“以前经常听说这样的事，不火化直接土葬的死人有可能复活。特别是那些含恨而死的人，因为忘不了仇恨而复活。”

死人复活？

是因为和“幽灵”差不多，这对老夫妇才如此恐惧吗？还是更现实一些的说法，是因为将去年“被死去”的亚希“埋早了”的事情而害怕？

“老公。”邦江说道。

“亚希少爷果然还活着。他复活后想着复仇，才做出那些事情。”

“那些事情？”拓也问道。

邦江怯生生地说道：“就是刚才你说的那些——杀人，剪掉尸体头发，剥落尸体指甲之类的。”

“您这样觉得吗？”

“能做出那样的事情，确实也只有那孩子……”

“为什么呢？”

拓也近乎自问式地说道。“假设亚希真的复活了，他为什么要做那些事情？”是发疯了？还是憎恨如此对待自己的人们？抑或是……？

安达雅代恐怕也参与其中。她知道亚希被幽禁在此，并且已经死了——对，她有可能以此为把柄来敲诈自己的哥哥。克之也是一样，他知道亚希的秘密，也知道自己的母亲靠这个从舅舅那里骗取金钱，所以他经常到这里来死乞白赖地要钱。

如果是这样，亚希就有杀死雅代和克之的动机，但是……

（——不对，不是这样。）

拓也慢慢地摇头。

问题还在别的地方。那是——（一个是……）那是……

“啊，奶奶。”

一直趴在窗户上的园城寺初子，此时像是已经筋疲力尽，顺着窗户滑落下来，一屁股蹲在地板上。遥佳见状，连忙跑过去。

“奶奶，您没事吧？”

老太太没有回答。遥佳抱住她的肩膀，探头看她埋得很低的脸。“不行，悠木君。”

遥佳回头望向拓也。

“再这样下去，奶奶会……她的身体已经发冷，脸色也煞白，还是把她带回屋里休息一会儿比较好。”

3

五人离开阁楼时，已是凌晨一点左右。

遥佳对初子说：“奶奶，咱们回屋吧。”初子没有叫唤，也没有反抗，很是顺从。仔细想想，自从看到雅代坠落的尸体以来，老太太那渐趋衰弱的神经就一直紧绷着，现在这么疲倦不堪也在情理之中。

遥佳和邦江搀扶老太太回一楼她自己的房间。

拓也和佐竹打算返回饭厅。从楼梯口下来前往饭厅那边的走廊时，佐竹突然转身，开始往回走。

“怎么了？”

拓也本以为他许是想起了要联系园城寺准雄，可他并没有走向电话台，而是飞快地往大厅后面奔去。

“佐竹先生！”

没有回答。

“佐竹先生！”

拓也慌忙追了过去。

佐竹走出大厅，朝着别墅后门走去。他头也不回，不理后面正追赶他的拓也，径直一人走到外面。

电光火石之间，拓也突然明白了他要干什么。不会吧，拓也想。

但是，从刚才开始，这对夫妇就一直非常胆怯。他们打心底里害怕——自己亲自“监禁”和“埋葬”过的亚希，事实上可能还活着，而且最近发生的一系列奇怪案件的背后，很有可能是他在捣鬼。

所以，他不得不去确认一下。亚希是不是真的死了？后院里的尸体是不是还在?

“您要挖开看看吗？”

拓也大声喊道，佐竹瞬间停下脚步。“要挖开埋尸体的地方吗？”

他背对着拓也，默默地点头。

在倾泻而下的青白色月光和星光的照耀下，佐竹从家后面的库房里拿出铁铲和手电筒，横穿过广阔的后院，往白色鹿雕的方向走去。

他粗暴地拨开密布着的玫瑰藤蔓，开始挪动鹿雕。雕像应该是中空的,看上去不是很重。随后他便阴着脸,玩命似的开始掘土。

拓也不敢阻止他，甚至都说不出一句“我帮你”之类的话，他只能站在旁边，静静地注视着。

4

“不得了了，麻堵。糟糕！”

实矢闯进隔壁房间，使劲摇晃着正在床上睡觉的弟弟。

“……什么？”

麻堵半睁着睡眼惺忪的眼睛问道。“怎么了？要起床吗？”

“不是。”

实矢压低声音。“佐竹叔叔正在挖小亚的坟。”

“啊，真的吗？”

麻堵甚是吃惊，往朝向后院的窗户看去。“会被发现的啊，实矢。”

“嗯。”

“小亚活着的事情会露馅的。”

“所以——所以啊，麻堵，我们必须加快速度。因为雅代姑姑出事，爸爸肯定会来这里。”

“这么说，已经可以了？”

“嗯。天亮后，不，天稍微亮了我们就……”

“带着妈妈吗？”

“对。注意不要让任何人发现。听见了吗，麻堵？能起来吗？”

“嗯……”

5

遥佳和邦江也过来了。她们刚才找不到拓也他们，很是慌张了一阵。后来听见院子里有掘土的声音，才跟出来。

“啊，果然……”

邦江看见正在默默掘土的佐竹，双手捂住自己的嘴。遥佳则小声惨叫一声：

“悠木君。”

她来到拓也的身旁。

“这样好吗……”

“是他提出的。”

拓也小声回答。

“我们只能默默看着。”

“刚才邦江又给园城寺老爷打电话了。”

“联系上了？”

“没有，不过……”

“老公。”

邦江对着自己的丈夫说道 。

“老爷已经听见留言，正往这边赶呢。你这样做的话……”

佐竹抬起头，不过只是一瞬。

“我已经受不了了。”

伴随着慌乱的呼吸，他的肩膀上下颤动，有些喘息地说道。

“不管老爷说什么，我都……”

“啊。”

邦江双手捂脸，无力地蹲下来。“那个时候哪怕是叫他一声少爷，好好供奉也好啊。”

她似乎把“死人的复活”与“不成佛的幽灵”两种完全不同

的概念混为一谈了。不过，无论是哪种，他们的恐惧对象都是那个叫作亚希的少年，这点是毋庸置疑的。

（那孩子就那么让人害怕吗？）

虽然拓也也说一系列案件的元凶是亚希，但他突然注意到一个问题。至少实矢和麻堵并不害怕亚希，而且——十年前，在乌裂野那片森林中遇见的那个孩子……是个柔弱的沉默孩子。因为遇上骤雨，他们躲在某个地方避雨……孩子的表情非常胆怯，吵着要早点回家，表情仿佛马上就要哭出来一样。所以……

三人屏住呼吸继续注视着，不久，佐竹的铁铲发出一声钝钝的声音。应该是铲到地下的“棺材”了。

“亚希被装进什么样的箱子？”拓也朝着邦江问道。

“应该没有时间准备像样的棺材吧？”

“是储藏室的一个旧木箱。”邦江仍旧蹲在地上，回答道。

“老爷说那样就行——原本他说直接埋了就可以，不过那样太说不过去了。”

佐竹扔掉铁铲，弯着壮硕的身体跪在刚挖出的大坑边缘。拓也轻轻拿开搂住他胳膊的遥佳的手，踏过玫瑰藤蔓往那边走去。

坑不是很深，距离露出的木箱盖子最多有二十厘米。盖子也不大，而且不像棺材那样又细又长，倒不如说更接近正方形。不管亚希多么瘦小，在这种箱子里面他肯定伸展不开，只能以抱膝而坐的姿势被装进去。屈葬——也可以这么说。

佐竹伸进头去，将两手放在箱盖上。盖子似乎没用钉子钉死。原来如此，如果是这种状态，亚希被“埋葬”后恢复意识，然后自己逃出来也不是不可能。拓也这样想着。盖子被掀起来。

拓也拿起放在地上的手电筒，照向打开的箱子里。遥佳和邦江也远远地围上来看。

“唔唔……”佐竹嘴里发出低低的呻吟，拓也也是一样。接着，佐竹手一滑，咣当一声，盖子滑落了下去。

仿佛受到惊吓一般，这位五十多岁的佣人先生非常不自然地逃离了坑穴。拓也的心情则很复杂，一半是果然如此，一半是怎会如此。他伫立在坑穴旁边，一动也不动。

木箱里面空空如也。

6

凌晨两时四十五分，饭厅里——

佐竹周三顾不得换掉沾满泥土的衣服，脸色苍白地坐在椅子上。不管拓也问他什么，他胡须下的嘴巴像冻僵了一般，一句话都不说，发呆的视线游离在桌子上，那神情简直和刚才的园城寺初子一模一样。

邦江也是一副愕然。待到缓过神后，她喝了一口遥佳泡的茶。

“亚希少爷他——”

像是受不了这种沉默，她仍然低着头，开口说道。“少爷从以前开始就是个特别的孩子。看上去和实矢少爷、麻堵少爷一样，修长白皙，是个漂亮的孩子，可是……”

然后她告诉拓也他们园城寺亚希是个怎样“特别”的孩子。为什么会被父亲准雄厌恶、恐惧，最终被幽禁在别墅的阁楼里。

亚希原本就是个沉默的孩子，平时几乎不笑，也不与人亲近。他的那种大人们无法理解的近乎病态的态度，从小时候起就特别明显。

亚希五岁的时候，在羽根木的宅邸中弄死亲戚家的婴儿，也是事实。据说是亚希擅自抱起熟睡中的婴儿失手引发的意外事故，实际上，是不是完全的过失谁都不清楚，也可能是亚希故意的。

“尤其是老爷，极为恼火。到底发生了什么事？为什么孩子会掉下去？不管他怎么问，亚希少爷就是不回答。所以，也可能是……”

拓也打断邦江的话。

“可能是看见婴儿被大家宠爱，亚希心生嫉妒……之类的？是这样吗？”

“——是的。”

从那之后，园城寺准雄就对亚希采取旁人看来不能理解的严厉态度，正如今天（不，已经是昨天了）舅舅从附近那些主妇那里打听到的一样。听说母亲香橙一直因为此事叹息。但是，对于这个五岁就成为“杀人犯”的儿子，不如说正因为是自己的亲生儿子，准雄才不得不更加严厉。

亚希变得越来越沉默，越来越内向。每天不知道在想什么，也不知道在做什么——这样的亚希被学校老师定义为“问题儿童”。欠缺适应性与协调性，孤癖，有幻想症，有时还激烈地反抗大人……

准雄对亚希越来越严苛。

之所以会对亚希之后出生的实矢和麻堵这么严厉，起因就在这里。他预感并害怕着，这两兄弟会不会和亚希一样，也成为“问题儿童”。

“亚希和实矢君他们感情怎样？”拓也问道。

“他们经常一起玩。我们也看见他们玩得挺好，不过——”邦江眨了眨带着黑眼圈的眼睛，继续说道：“实矢少爷额头上的伤疤……”

“那个是怎么弄得？”

“是少爷五岁的时候被亚希少爷……”

“被亚希伤的？”

“是的。就在这栋别墅，当时好像是暑假。三人正在院子里玩，亚希少爷突然抡着棍子还是什么的乱挥一气。”

“实矢君五岁的话，那么亚希应该是十岁左右？”

“光是在这里发生的事情，就还有很多很多。譬如——”

像是惧怕某个看不见的人的目光一样，邦江提心吊胆地四处张望。

“以前这里养过一条日本柴犬，被亚希少爷用石头活活打死。不管怎么骂他，问他为什么要那样做，他就是不说话……

“还有亚希少爷的画，我也忘不了。”

“画？”

“啊。他喜欢把自己关在屋里，看书画画。可是，说到少爷画的画，那真是令人毛骨悚然。”

“怎么说？”

“譬如古里古怪的魔鬼之类。不管是树木还是房屋，怎么说呢，他都画上一些让人害怕的脸。”

“他从什么时候开始画那样的画？”

“一直都是这样。”

“升入小学高年级或者中学以后还这样画吗？”

“是的。”

果然如此——拓也感觉自己已经窥视出亚希这个少年的另一面了。不知道邦江知不知道，孩子们的画中大致都能看到这样的情形。他们会在太阳上画上眼睛和嘴巴，在花朵上描个人脸，这是所谓的幼儿时期的万物有灵性——未将自己与外界分化，倾向于相信所有的事物都存在意识和生命——的表现。但如果这种倾向在升入中学以后还继续存在的话，果真就可能有“问题”了。

“那么，邦江夫人。”拓也说道，“关于去年七月亚希行踪不明的原委，您当然也很清楚吧？”

“这个……”

邦江有些支支吾吾，用手按住眼睑。

“亚希少爷当时在上林间学校吧。后来大家都去登双叶山，包括亚希在内的四人途中和队伍走散，再后来就发现他们惨死的尸体。”

“那时候——那时候真的很恐怖。你不会……”

“行踪不明的亚希为什么会被关进阁楼？这中间究竟有着怎样的原委？”

“您知道吗？惨案发生地点离乌裂野不是很远，如果沿着山一直走的话，两到三天就可以……”

是吗？拓也心想。

“那么，亚希在惨案发生之后就直接来到这里了吗？”

“——是的。”

邦江双手交叉，压住自己颤抖的双肩。“那时的少爷真的很狼狈。衣服上沾满泥土，肚子瘪瘪的。”

“就他自己一个人翻山越岭地来到这里吗？”

“只能这样认为了。不管问他什么，他都咬紧牙关，一副恐惧的样子，什么都不回答……那桩惨案我也知道，所以当时立即通知了老爷。”

“然后，园城寺老爷就决定把亚希关在阁楼里？”

“嗯。”

“因为他觉得亚希就是惨案的凶手？”

“……”

“可事实上呢？亚希那样说过吗？”

“没有。少爷一句话都没说——不管老爷怎样严厉逼问，他就是一言不发。”

邦江慢慢地摇着头。“不过，少爷的背包里滚出一个人头……”

“人头？”

拓也吓了一跳，重复道。

“怎么回事？”

“他的背包里装着一个人头，是他遇害的朋友的人头。”

拓也想起关于去年七月发生在双叶山上的猎奇杀人案——舅舅跟他说过的话。

遇害三人尸体的惨状——像被凶猛的野兽袭击过，一个胳膊被拧断，一个肚子被劈开，还有一个头被割下来。似乎有一具尸体始终都没找到头颅。也就是说，是被亚希带回家了吗？

园城寺准雄断定亚希就是杀人狂魔，于是想将他从世人眼中抹掉。这样看来也就不足为奇。

“原来如此。”

拓也点点头，但他却怎么也不能把那个犯下残虐、疯狂杀人罪行的恶魔与十年前在此相遇的那个孩子重合在一起。

“人头呢？处理掉了？”

“嗯，老爷处理的。”

他看着耷拉着耳朵的邦江，又看看坐在自己身旁的遥佳。她的脸正僵硬着，毫无血色，似乎受到极大的打击。

“悠木君。”遥佳说道。

“那个亚希，还活着吗？”

“对，还活着。”

“那他现在在哪儿呢？”

“问题就在这里。”

拓也尽量保持冷静的口吻说道。

“森林中……或者，这栋别墅的某个地方。”

“这栋别墅？”

“我觉得不是不可能。这栋房子这么大——邦江夫人，这里有很多不用的房间吧？亚希有没有可能藏在某个房间？”

“怎么可能——”

邦江抬起头来，怯怯地低声说道。“怎么会？不可能。”

“现在开始，我们还是把家里的房间搜一遍为好。”拓也认真地说道。

“如果这样还找不到的话……”

墙上挂着的古老大摆钟，敲打着凌晨四点的钟声。正在这时——门外传来车子引擎的声音。

“是老爷。”

佐竹周三喊出声来，与妻子四目相对。两人僵硬的脸上现出一种与之前不同的紧张。

7

“麻烦请您回去！”

园城寺准雄冷漠地说道。

“不管是雅代的事还是克之的事，明天我都会做出相应的安排。请您不要多管闲事，专心读好自个儿的书吧。”

大厅正门处——

注意到出来迎接的人群中有拓也的身影，别墅的主人这样说道。他的脸上丝毫没有动摇的神色，脸庞轮廓清晰，嘴唇冷冷地紧闭着，正用锐利的目光瞪着这个“局外人”。

“听我说，园城寺老爷——”

准雄直接忽略正要说话的拓也，目光转向并排站立着的佐竹夫妇。

“我听到留言往这边打过电话，怎么没人接，大概十二点左右的时候。”他的语气充满责难与严厉。

“啊……是，是的。”邦江语无伦次地低下头，“真的对不起。”

十二点左右的时候，大家应该都在阁楼。

“园城寺老爷！”拓也果断地抬高声音，“那时大家都在阁楼呢，所以才没听见电话铃响。”

“什么？”

准雄上挑着眉毛，看看拓也，随后瞪着正耷拉着脑袋的佣人夫妇。

“怎么回事，佐竹？”

“——对不起。”邦江弱弱地说道，“因为这个小伙子说所有的事情都是亚希少爷所为……我们也很害怕，所以……”

“园城寺老爷，事情的原委我都知道了。”拓也说道，“关于亚希君的事情，包括下落不明的他实际上被幽禁在阁楼里。”

“你在说什么？”

他的内心当然是有所动摇的吧。只是，他始终冷冷地反击着。

“我可是什么都不知道。你好像知道亚希的事情啊，嗯，如果没有记错的话，他从去年开始就一直下落不明，因为卷进极度残忍的案件里。”

“佐竹先生已经全都告诉我们了，您再装傻未免有些……”

“你是不是搞错了？”

“我并不是要针对你对亚希的做法说三道四，因为我不是警察也不是侦探。但是你们认为的去年八月从阁楼窗户上跌落而死的亚希实际上还活着，这个您并不知道吧？”

听到这些，准雄脸色果然有变。拓也继续说道：

“刚才佐竹先生去后院，从那座白鹿雕像下面挖掘出来的箱子里，并没有发现亚希的尸体。”

“什么？”

“亚希还活着，这就是问题所在。实矢君和麻堵君也知道这件事。亚希现在正躲在某个地方，有时还会偷偷地跟弟弟们见面，而且……”

拓也简短地说明了一下雅代跌落而死的疑点和克之行踪不明的情况。

“这些事情可能全都是亚希干的。如果园城寺老爷您的判断是正确的，亚希精神上确实存在某些异常，然后制造了这一连串案件的话，那现在岂不是非常危险吗？”

园城寺准雄突出的额头上皱纹紧锁，沉默着伫立了一会儿。这期间佐竹夫妇一个劲儿地叹气，不停地震颤着沉闷的空气。遥佳几乎被拓也挡住，在他背后仔细注视着雇主老爷的反应。

“悠木君。”

不久，园城寺家的主人发话了。“看来你是误解了什么。”

“园城寺老爷。”

“我不知道佐竹他们跟你说了什么，但如果你相信那些胡言乱语，我会很困扰。不好意思，还是请你立即离开这里吧。”

“怎么这样——您怎么还不明白……”

“这个家的主人是我，我没有理由被你这个局外人说三道四。”

准雄的声音带着愤怒，高亢而严厉。

“刚才你说的这些话，全都是无凭无据的瞎猜。请你立刻回去，不要再接近这里。说实话，这样我会很困扰。”

“可是……”

“龙川小姐。”

准雄望向遥佳。

“你也一样。如果你相信拓也所说的话，那么不好意思，请你明天也立刻离开这里。”

“园城寺老爷，可是……”

遥佳刚想反驳，拓也举起手将她挡住。

“您是想说，这里自始至终都没有发生过任何事吗？”

“没发生过任何事？对，这个家里什么都没有发生。这是事实。”

“雅代小姐和克之君的事情，您打算怎么处理？这里免不了会被警察搜查，到那时我会……”

“看来你是敬酒不吃吃罚酒啊。”准雄耸耸肩，像在训斥小孩子一般。

“可是悠木君，你要知道你和我的社会力量不同，你还差得太远。劝你还是再仔细考虑一下，放聪明一些。”

“社会力量？”

“我可是在社会上拥有相当信誉度的人，这种信誉不是凭你一介学生的告发就能轻而易举动摇的，弄不好啊，最后遭殃的会是你。”他的意思是，不管雅代的死还是克之的下落不明，凭借他的“社会力量”都能风平浪静地处理掉吗？即便拓也或是遥佳将自己所知道的“事实”告诉警察，他也可以轻松驳回？

拓也找不到话语反驳，便望向佐竹夫妇。他们仍旧深深地埋着头，一言不发。

他们在害怕。

刚才对这一连串案件和“复活的亚希”所产生的恐惧，此刻完全被对主人的害怕所代替。园城寺准雄的态度和言语具有绝对的威严与力度。

“佐竹。”准雄说道，“我说的有错吗？”

两人沉默着，摇摇头。

“看见了吗？”

准雄点点头，瞥了眼自己的手表。“那么，请回吧。”他的话掺杂着不容分说的威严，他命令拓也道，“听好了，请忘记你刚才所说的话，这都是为你好。”

第九章　清晨的仪式

麻堵，麻堵。

……啊，什么？怎么了？

快起来啊。天已经亮了。

我很困啊。

爸爸已经回来了。

啊？

小亚在等着呢。快点起来，必须得走了。

嗯，嗯。

爸爸正在饭厅里和佐竹叔叔说话呢。

大哥哥呢？

好像回去了。所以，听好了，麻堵。我悄悄地去把妈妈带出来，你马上去大哥哥的别墅。

嗯。

要说什么你知道吧？

——嗯。

好的。那么，快点……

1

对于始终保持冷峻态度的园城寺准雄，拓也不再继续反驳，几乎是被驱逐着离开别墅。他甚至没有工夫和遥佳打声招呼。鼻头差点撞上咣当一声关死的大门，他咬着嘴唇在那里停留片刻。惋惜、疲惫、四肢无力，还有压抑不住的胸中的那股骚动……拓也沮丧地伫立着，任感情在心中交织。

月亮的余晖仍旧悬在西边的天空上，东方的那片天空则蔓延着一片妖娆，那是片紫红色的朝霞。吹得森林沙沙作响的强风天气里，如果出现朝霞，那便是天气要变坏的征兆，孩提时代就已熟记于心的常识此时涌上心头。

没办法，拓也只得钻回车里。

还是暂且先回去吧，回去之后好好考虑一下“作战计划”。

是太过不甘才说这样的话吧。自己究竟该以什么目的，部署怎样的“作战计划”才好呢？

“没有理由被你这个局外人说三道四……这样我会很困扰——”他会这样说也是理所当然的。虽然他那句“社会力量”狠狠地打击了拓也，让他很不甘心。但事实的确如此，即便那里真的存在某些犯罪行为，对准雄来说，拓也也不过是毫无缚鸡之力的“一介学生”而已。

这些道理他从一开始就明白，舅舅也曾经警告过他。

尽管如此，为了解开园城寺家的秘密，他还是那样大胆地逼问那对胆小的佣人夫妇——他觉得那不是因为人们所说的正义感，也不单单是出于好奇心。

对于最近发生的一连串案件来说，自己绝不是完全的“局外人”——是的，拓也心中感觉到。

（所以……）

与遥佳的关系、对实矢和麻堵的关心，都还达不到那个层次……

自己与整件事情相关联，不，应该说一直关联至今。

（所以……）

那是——对了，从与整个事件的中心——与亚希相遇开始……十年前的夏天，从那时候开始。

他又重新开始审视现在和过去隔着的那堵墙。

（啊，到底是为什么？）

为什么——究竟和我有着什么样的关系？

回到别墅，拓也疲惫不堪地坐在起居室的沙发里，一个劲儿地抽烟。

今后他该怎么做？遥佳会怎么样？

园城寺准雄说，他会做相应的处理。至少表面上他是自信满满，非常冷静。

可是——拓也想到，即便雅代和克之的事情他有“能力”处理妥当，那他究竟想怎么处置亚希呢？

亚希现在正藏匿于某个地方。他是打算把他找出来，再次幽禁到阁楼里吗？一直保守着亚希“秘密”的实矢和麻堵，又将承受怎样的处罚呢？

亚希——现在到底在哪里？

脑海中再次浮现这个问题时，拓也突然觉得有些疑惑。

刚才他对佐竹夫妇说，亚希很可能藏匿在附近的某个地方；也曾提起过，可能就潜伏在那栋别墅的某处。但实际情况呢？

别墅确实很大，少年要藏起来也很容易。但是，从去年八月被“埋葬”，到今天差不多一年的时间里，他竟然一次都没有被常年住在那里的佐竹夫妇逮住，这可能吗？

还是说，他在这附近，譬如森林中潜伏着生活了一年？这应该是非常困难的吧？

如果是个身体强壮的野人也就罢了，亚希不过是个十四岁的孩子。即便他的“疯狂”有时会带来某种超越人类想象的力量，这仍然有些勉强。

那么——

可能某处有座隐蔽的家？一个能遮风挡雨、抵御寒冷的地方。

“隐蔽的家啊。”

拓也边低语着，边从沙发上站起来。

这一年，亚希基本上生活在“隐蔽的家”里，有时会趁佐竹夫妇不注意偷偷溜进别墅筹备吃的以及其他生活必需品。

“——对啊。”

内心深处的蒙眬中，咚的一声掷出某些记忆。“确实，那个……”

拓也有些恍惚地踱向窗边，望向湖水周围的森林。

十年前的某天，拓也为了避雨，和森林中遇见的四岁孩童一起跑进某处古老的建筑中。那里有些昏暗。窗外电闪雷鸣。顶棚很高，里面极为空旷……是的，有那么一所建筑。

眼前是朝霭笼罩的姬乃湖。风吹拂着湖面荡起粼粼波纹，深灰色的湖面闪耀着光辉灿烂的朝霞。

突然！

窗户的正对面——靠近岸边的湖水中，他注意到一个不一样的光泽在摇晃。

是红色。

那不是朝霞映照在湖水上的颜色。那颜色更深，形状更分明……

拓也打开窗户，将身子探出窗外，凝视着那片颜色。红色——那不是衣服吗。

（红色衣服！？）

心中大声叫喊着，拓也直接从窗户跳了出去。

2

距岸边一米左右的湖面上，漂浮着一个东西。那片红色果然是衣服，是件红色的半袖 T 恤。

（——是克之？）

拓也的身体僵硬起来。

他没有见过安达克之，也不知道他的相貌和体格，但是他听遥佳说过，那晚克之穿的就是红色 T 恤。

（那是克之的尸体！）

尸体呈弓形向上挺胸，随着水的波动在湖面上轻轻摇晃。依稀可以看见浸在水里的手和脚，还有他的头……

拓也条件反射般地捂住嘴，有些毛骨悚然地低吼着，他在湖边蹲下来，再次近距离地观察尸体。

尸体的头部朝向这边。

因为淹没在水里，看得不是很真切。但那张脸的大体状况，某种程度上还是可以知晓的。

能看见红色的肉，似乎有个很大的伤口。应该是额头部位吧。也就是说，克之在崖下果然又被人殴打过，凶器就是那块滚落的石头，而且，之后凶手还将他的尸体扔进湖里。

尸体就这样随着湖水浮动，一直漂到岸边，现在来到拓也眼前。还没来得及惊讶于这个偶然，透过清澈的湖水，拓也又发现克之脸上的另一个特征。

不只额头有伤，他还隐约看见另一处类似红色小窟窿的地方。

“——眼睛！”

拓也不由得叫出声。

“眼睛被……”

这不是他确切的观察结果，而是通过直观和联想得出来的结论。眼睛没了——尸体的一只眼睛被挖了。

终于，在那一瞬，他所认知的现在（一个是——）与过去的经历突然交接在了一起（人狼的眼珠）。

心被牵引着。

回到过去，十年前的那个傍晚。

对漂浮在眼前的尸体所产生的生理恐惧，该如何处理这具尸体的焦虑，以及直到刚才还尚存的四肢无力与焦躁不安……就在一瞬间，全部被覆盖。

他听见的只有低低的雷鸣声，以及噼里啪啦敲打在地上的暴雨声。看见的只是昏暗建筑中那张孩子怯生生的脸……

……是园城寺亚希。

他在森林中迷路的时候，恰巧和拓也遇见。接着骤雨来临，他们一起去那栋古老的建筑里避雨。他始终怯生生的。不管拓也怎样问他，他都僵着脸，闭口不言。最后还说要一人冒雨回家。

（……所以。）

所以那时……

“——我要回家。”他听见亚希的声音。

“等等。外面下着大暴雨呢，还打雷，出去会被劈死的。”

那是十二岁的自己的声音。

“可是……”

“没关系，这是傍晚下的骤雨，不会太久，再稍微等等吧。”

“……”

“真败给你了，看看你那副要哭的样子——好吧，那么……”拓也说道，“那么，我给你讲个有意思的故事吧。好不好？”

“——什么故事？”

“很想听吧？那么，你要老老实实的啊。”

对，然后拓也就讲给他听：

“呃，很久很久以前，在某个遥远的国家……”拓也给亚希讲了那个故事。

他那段日子自娱自乐编造出来的某个国家的故事。

3

园城寺准雄内心也是不知所措。

昨天雅代给他打电话的时候，他就有种不好的预感。雅代喋喋不休地跟他哭诉，说克之不见了，叫警察帮忙找找吧。他费了好一阵工夫连哄带骗才安慰好她。

他不在别墅的时候，不想警察靠近这里。如果说有什么东西被发现会很糟糕的话，也就是那间闲置家具的阁楼了。不过关于这个，稍微有点说辞就能敷衍过去。但是，他的内心对此还是有着强烈的抵触。

因为他将精神不正常的儿子从世人眼里抹杀的做法，最终导致儿子身亡、妻子精神崩溃的事实，让准雄始终抱有挥之不去的罪恶感。

雅代应该十分清楚他的这种心理，克之似乎也从母亲那里听说了亚希的秘密。一年来，两人经常以此为把柄，随心所欲地向他勒索。

所以昨晚——也可说是四个小时之前——当准雄外出归来听见佐竹的留言时，惊愕中还夹杂着一抹安心。

雅代死了。从二楼阳台上跌落下来，摔碎头骨。

他回过电话，但没人接。虽然知道佐竹不会擅自做主叫来警察，但他还是压抑不住心中的不安。

他不知道如果克之安全归来看见母亲的死后会怎么做。他也很在意家庭教师遥佳的目光。他一刻都等不得电话接通，能做的只是飞快地赶来这里。

打发走悠木拓也，又让遥佳回屋后，他在饭厅里训斥佐竹周三和邦江。虽说现在责骂也没什么用，但他只能这么做。

两人很是胆怯，那种胆怯非同寻常。似乎迄今为止堆积在心里的各种情感，此刻一下子以恐惧的形式爆发出来。

佐竹一边一个劲儿地向准雄道歉，一边颤抖着说拓也的话都是真的。克之失踪的疑点，雅代尸体的指甲被剥落，初子的发狂……以及按捺不住而挖出的亚希的“坟墓”，里面竟然没有尸体。亚希还活着，对此佐竹和邦江都深信不疑。

不可能，刚开始他这样觉得。可是当他亲自确认完空空的“棺材”和被剥落指甲的雅代尸体后，准雄也不得不相信起来。

亚希——那孩子还活着。他活着，并任由他那疯癫的神经逐渐完成某些恐怖的事情。克之的失踪，雅代的离奇死亡，还有四月份森林里朝仓香里的死……

这过于残酷的想法使得准雄头晕得厉害，还有些恶心。

（该怎么做才好？）

一味自问也无济于事。

(该怎么做……)

对准雄来说，妥善处理好雅代的死非常简单。能帮自己写份像样的死亡诊断书的医生大有人在。如果事先疏通好，某种程度上封锁警察的行动，也不是不能商量。对于克之的失踪也是如此，他可以巧妙地找到不将案件公开的解决方法。

但是——现在的问题是亚希。

即便能够找出亚希，将他抓获，之后该怎么做呢？只能再把这个孩子幽禁在某处吧。

亚希是个让人惧怕的孩子。

准雄一直都惧怕亚希——为那孩子是自己的儿子感到羞耻、愤怒，还有恐惧。一直——从那孩子犯下第一次“罪行”以来。

那孩子身上发生过太多令人战栗的事情。经常发生的“事故”一次次以“恶作剧”为借口被敷衍过去。但是随着那一桩桩事故经由亚希重叠起来，准雄的疑惑也就日益膨胀。

所以一年前，当发生那桩双叶山惨案时……

他觉得惨案的凶手正是当时“下落不明”的亚希。但是整个调查过程却始终没有提出这样的质疑，至少表面上没有这样的说法。因为对于一个十三岁的少年来讲，要实施这样残虐异常的暴行，实在是令人匪夷所思。

但是，准雄并不这么认为。

当他接到通知，说亚希背包里装着朋友的头颅，表情呆滞地到达别墅时，他就考虑到最坏的情况。亚希体内的异常终于使他爆发出疯狂的举动，那时他便有了判断，因为他的内心充满疑虑与恐惧。

亚希什么也不说。

山里发生了什么？为什么会带着尸体的头颅回家？不管问他什么，他都闭口不言。那时的亚希明显精神不正常……

所以，准雄选择让亚希继续以“下落不明”的身份活下去，将他从世人眼中抹杀。

香橙和初子是反对的。但是当他考虑到事情公开之后对自己、家人乃至整个园城寺家族所造成的社会损失，便觉得只能这么做。他甚至觉得如果让人发现自己的儿子是猎奇杀人案的犯人的话，倒不如自己亲手将儿子杀死的好。

他不顾香橙和初子的反对，毅然决然地将亚希关在阁楼里，并封住佐竹夫妇以及刚好来到这里并知晓全部事情的雅代的嘴。还严厉地告诫实矢和麻堵，不准将亚希的事情泄露出去。虽然两人不知道发生了什么，不能正确理解父亲为什么要把亚希幽禁起来，但他们还是听从父亲的命令，约好不对外人说。

他那时的选择果然是错误的吗？

那之后不到一个月，亚希就从窗户掉下来摔死了。尸体只能悄悄地埋在后院里。随后，从以前开始就情绪不稳的香橙，也因为那件事的打击变成现在这副模样。

但是，不管怎样，原以为那一切都已结束。

没想到，那时候（*原以为*）已经死去的亚希实际上只是假死，在被“埋葬”的当天晚上就恢复意识——然后匿身于某处，一直活到现在。怎么会有如此荒唐离奇的事情？

总之，首先要找出亚希。然后，对，要让知道秘密的悠木拓也和龙川遥佳永远不能开口，不管使用什么手段。

快凌晨五点了。

将胆怯而憔悴的佣人夫妇遣回屋后，准雄走上二楼，朝香橙的房间走去。听说雅代出事之后，他们将受惊的香橙移到隔壁的房间休息了。

过分的父亲，过分的丈夫……

陷入昏迷状态中的她，心里一定在不停地咒骂他吧。“为什么老公你就不相信亚希呢？”

她说了好几次，用充满哀伤的眼睛微弱地说道。

但是，在她的心里，在疼爱孩子的同时，肯定也有相同程度的恐惧。亚希这孩子的身体里，有着某种别人无论如何都捉摸不透的东西——那东西隐藏着某种令人生厌的影子，以及某些非正常的因素。

到底是哪里出了问题？

准雄是爱香橙的。她也爱着准雄，爱着这片乌裂野的森林。

两人惊喜于儿子的出生，并且深爱着这个孩子。但是……

到底是为什么，是从哪里开始出差错的？为什么亚希会成长成那样？为什么……

“因为你总是用那种眼光看他，那孩子才会渐渐闭塞内心。”

但实际上，亚希本来不就是“问题儿童”吗？

“你对孩子太严厉。”

如果不严厉点的话，都不知道亚希会做出些什么来。这样一想……

“对实矢和麻堵也是……”

他不想像对待亚希那样对他们。但他们与亚希流着相同的血（明明是我和香橙的血液，却为什么……），他不希望他们变成和亚希一样的“问题儿童”。

这一点准雄的态度是相当坚决的。虽然有时香橙也会指责他，但她基本上属于那种非常顺从丈夫的妻子。

他打开邦江告诉他的那间屋子的门。

对于不管对谁都一副冷冰冰模样的准雄来说，他只展示自己的软弱给一个人看，那就是他的妻子香橙。虽然对此她已没有任何反应……

“香橙——”

迈进屋里，准雄停住叫喊。房间里没有香橙的身影。

有那么一瞬，他觉得自己是不是走错了房间。可是床上明显有人睡过的痕迹否定了他的猜想。

香橙不见了！

为什么她会不见？那究竟意味着什么？他无暇多想，径直蹿出走廊。

4

“龙川小姐！”

园城寺准雄顾不上敲门，径直闯进屋里。“龙川小姐，香橙她……”

遥佳没有睡着，正坐在床边入神地思考着事情。估计是听到这声不像自己熟悉的园城寺家主人的尖嗓子，她吓了一跳，立即站起来。

“夫人怎么了？”遥佳问道。

“你知道香橙去哪里了吗？她不在屋里。”

准雄面无血色，一个劲儿地往屋里张望。“屋子里没有？不可能啊……”

遥佳不明所以地摇摇头。

“房间不是夫人原来住的那间。因为雅代小姐的事情，夫人搬到隔壁去了。”

“就是不在隔壁那间！”准雄抬高声音。

“没去洗手间吗？”

“没有。原先的房间我也看过，都没有。”

“怎么可能。”

“你不知道她去哪里了是吧？”准雄带着些责难的语气。

“没有线索吗？”

“没有。”遥佳又摇摇头。

“迄今为止她有没有自己出去过？”遥佳反问道 。

“没有。这一年一次也没有。”

“不会是……”

遥佳像是突然想到什么，说道：“不会是因为昨晚亲眼看见那样的事故——受到打击……”

“你是说，病情恢复了？”

“夫人叫声很大。或许，对了，如果那时的脚步声是亚希的话，夫人……”

“脚步声？怎么回事？”

“雅代小姐从那里跌下来以后，我听见有脚步声从二楼跑下来。

“吧嗒吧嗒的声音，好像是小孩子的。悠木君说，那可能是亚希的脚步声，可能是亚希将雅代小姐推下去的。所以，夫人看见本应该死了的亚希君……”

“什么乱七八糟的！”准雄不高兴地说道。

“这样说的话，难道香橙是去找亚希——想见亚希才跑出去的？”遥佳也不知道该不该点头。

“园城寺老爷。”遥佳说道，“总之先在家里找一找吧。”

5

园城寺准雄往阁楼上找，遥佳则直接下楼，去找佐竹夫妇帮忙。但是，当她跑下楼梯，正要赶去佐竹夫妇的房间时，突然改变了方向。她想，要不先去实矢和麻堵的房间看看吧。

或许香橙是去了两个孩子的房间。而且，对了，追问一下那两个孩子不就知道亚希现在在哪里了？

在强烈的直觉驱使下，遥佳飞奔在长长的走廊上。

实矢和麻堵的房间并排在走廊尽头右手边。前面的是麻堵的房间，里面那间是实矢的。

现在是早上五点多，平常的话两人应该还在熟睡中。

这么早就把两人叫起来实在有些可怜，她脑海里闪过这样的念头。不过现在不是说这个的时候。遥佳敲敲麻堵的房门，没等他应声便打开门。

朝阳透过浅黄色的窗帘照进来，屋里比走廊里明快很多。

“麻堵君……”

遥佳吃了一惊，停住叫声，跑进屋里。

麻堵不在床上。屋里的家具除了床，只有书桌和衣柜，也没有其他可以躲藏的地方。

“麻堵君！”

遥佳仍然固执地叫着少年的名字。

（不在吗？麻堵君。）

（怎么会……）

是不是去卫生间了？还是……

遥佳慌忙跑出屋子，来到隔壁实矢的房间，这次她没有敲门就直接闯了进去。

（——不在！）

房间里也没有实矢的身影。

（到底怎么回事？）

（两人都去了哪里……）

遥佳呆呆地伫立着，徒然地环顾着空无一人的房间。

香橙不见了，实矢和麻堵也不在房里——到底发生了什么事，抑或将要发生什么事？

不管怎样，得抓紧告诉园城寺准雄。佐竹夫妇也必须叫起来。

遥佳刚想往外走，视线突然停留在实矢的书桌上，书桌最下面的抽屉半开着。

为什么自己会如此在意，她也说不上来，只是隐约感觉那里可疑。只能这么解释了。

遥佳来到书桌前，往抽屉里看。里面放着一本只有八页纸的写生簿。看到灰色封面中间那行横写文字后，遥佳更加疑惑。

像是被吸引着一般，遥佳边注视着封面的那行字，边从抽屉里取出写生簿。

《魔法师与人偶王子》。

（——这是？）

似乎是书的名字。虽然写得不是很美观，但也算得上是黑体艺术字。在“魔法”这两个汉字上面，还注着小小的平假名。

是实矢画的吗？

最初她是这样想的。

她没见过两个孩子用这本写生簿，只是封面上的艺术字怎么看都像是手写……

她翻开看了看。当看见上面的画以及画上标注的文字时，遥佳终于明白这些画出自谁手了。

（不是实矢君的字。）

笔迹不一样。这密密麻麻排列着的隽秀的字也不像是麻堵写的。也就是说——

（亚希的？）

对了，这一定是亚希画的。亚希写的字，亚希画的画……

“……人狼在月圆之夜会变身成毛发浓密的狼，专门袭击年轻女子。”

遥佳翻开的那一页写着这样的文字。下面画着正在变身的“人狼”。歪曲的鲜红色嘴里龇出尖锐的獠牙，全身长满浓密黝黑的体毛，一副让人恐怖的怪兽画像。

画基本上是用蜡笔和彩笔描绘，从画技上看绝对不占优势。但正因为技术的拙劣，才生出一股异样的气势。

邦江说过，亚希经常会自娱自乐地画一些毛骨悚然的画。这些画面确实令人恶心。但是这种形式——添加故事的这种形式，更像是亚希画的“图画书”。

遥佳屏住呼吸，匆忙地往下翻。

——人狼和年轻人战斗的画面。

——人狼倒下的画面。击败人狼的年轻人从尸体上将人狼眼睛挖出的画面。

（什么啊，这是？）

面对这些幼稚而拙劣的笔法画出来的残忍画面，遥佳不禁皱起眉头。

她没有工夫再追寻故事看下去，又往下翻了好几页。

下一篇出现的是一个丑陋的老太婆。全身上下都是黑色，拄着拐杖的手指伸着长长的红指甲，眼角上挑的眼睛和极度夸张的鹰勾鼻……

这应该是“魔女”吧。

(……这张脸。)

遥佳吃了一惊，屏住呼吸。

(这个红色指甲。)

(指甲……)

她感觉自己脑海里正噼里啪啦地火花四溅。

(到底这是……)

仍然是刚才的年轻人,正在和“魔女”对决。然后——然后……

“啊！”

再翻到下一页时，遥佳喘息着发出低吼声，全身都在战栗。

“果然……”

——魔女倒下了。鲜红的指甲被年轻人剥落的画面。就是这个，遥佳心想。

亚希按照自己画里的做法，将指甲从雅代尸体上剥落。

这样说来，或许刚才看到的“人狼”画面，也和这一连串的事件有关。不，不止是那幅画，或许整个画册都……

她当即决定通知拓也，要是不赶紧把这些事情告诉他的话……遥佳将写生簿夹在腋下，飞快地跑出屋了。

6

“不好了！”

拓也拿起听筒，便听见遥佳在那边滔滔不绝的声音。“实矢君、麻堵君，还有香橙夫人都不在房间。而且，我在实矢君的房间里发现了不得了的东西。喂？喂？悠木君，你有没有在听？喂？”

“——啊，在听呢。”拓也低着头回答道。

（那两个孩子和香橙夫人都不见了？）

（——是吗，已经开始行动了吗？）

“什么不得了的东西？”

“抽屉当中有本写生簿。”

遥佳有些兴奋地说道。

“可能是亚希画的画册。里面有将女人尸体指甲剥落的画面，而且我……”

“啊！”

拓也深深地叹了口气。

“画册吗？这样啊。”

“这样啊？悠木君你怎么了？是有什么线索吗？”

遥佳有些不可思议地问道。拓也慢慢地摇着昏沉沉的脑袋，说道：“我发现克之的尸体了。”

“什么？”

遥佳惊叫着。

“在哪里？怎么发现的？”

“在湖上漂着，正好被冲到别墅前面的岸边。”

“怎么会？那个人果然已经……”

“前天晚上你离开那里之后，他的头又被用石头砸过，然后尸体就被抛在湖里。”拓也淡淡地说道。

“克之的一只眼珠被挖了出来。”

“眼珠？啊！”

“那本画册上也有对吗？被挖出眼珠的人狼的画。”

“——你怎么知道？”

“果然有啊。”

“嗯。”

“故事从头到尾都读完了吗？”

“啊，没有。没有时间读，刚刚才发现的。”

“是吗——我猜，画册最开始是主人公将雪女的头发剪掉的画面吧。”

“雪女的头发？”

“对。模仿那个的就是朝仓香里的案件。”

“香里的……喂，悠木君。”

遥佳问道：“你怎么了？怎么感觉声音怪怪的，到底怎么了？”

“我全都明白了。”拓也答道。

“明白？”

“对。我以前忘记了，那是十年前的事情……”

“十年前？”

“十年前的夏天，我曾经来过这里。之后在那片森林中我遇见了当时只有四岁的亚希，然后——”

拓也使劲闭上一直游离不定望向窗外的眼睛，说道：“是我跟亚希讲的，把我自己当时想象的故事讲给他听。”

“故事……”

“我小时候经常自己写童话玩。那是其中一个故事，非常无聊低俗的故事。”

“你说的故事，就是？”

“是的。”

拓也有些无法忍受似的点点头。

“‘魔法师与人偶王子’——标题是不是这个？”

“嗯。封面上确实……”

“那时我讲的故事亚希全都记住了，然后将它画成画册——现在的一切全都是我当年埋下的种子啊！”

“可是——可是，为什么……亚希是为了什么？按照童话故事的发展，将人眼挖出，指甲剥落，他果然还是发疯了吧。”

“不是的，龙川。”拓也打断遥佳的话，“不是的，不是这样……”

正在那时——

咚咚的敲门声传进拓也耳朵。然后——

“大哥哥，在吗？大哥哥？”

(啊！)

拓也停住话语，将耳朵离开听筒。

(来了……)

“大哥哥？”是麻堵吧。

“悠木君，怎么了。悠木君？”

遥佳的声音从电话那头传来。

“不好意思啊，龙川。”拓也快速说道，“我好像必须得走了。”

“啊？怎么了。你说要走，到底……”

“大哥哥。”

大门被打开，少年走了进来。“不在吗？大哥哥。”

遥佳“啊”地叫了一声。

“刚才的声音是麻堵君吗？那两个孩子在你那里？喂，悠木……”

拓也轻轻地放下话筒。

自己没有好好解释一下就挂断电话，拓也觉得很抱歉。只是，这孩子既然来到这里，那就说明自己必须得走了。这也是现在的自己所能做的——而且是全心全力要做的事情。

“呀，是麻堵君。”

拓也对着跑进起居室的少年举手示意。和初次见面时一样，麻堵还是穿着那件柔和的黄色T恤。

“来接我吗？”

“嗯。”

是一路跑过来的吧。麻堵一边呼哧呼哧地喘着气，一边重重地点点头。“大哥哥是‘好魔法师’吧。”

拿烟草穿透硬币，在空中将它变没……拓也表演的魔术，对两个孩子来讲就是“魔法”。所以……

“啊——对啊。”拓也回答道。

“拜托了。”麻堵的神情非常紧张，祈求道。

“拜托大哥哥，请跟我来。四样必需的东西已经准备好了。”

(——对，冒险归来的年轻人是这样说的，要借助“好魔法师”的帮助。)

“走吧。”拓也说道。

“是在森林中的那栋建筑里吧？”

“嗯。”

“实矢君呢？”

“先过去了。”

“带着你妈妈？”

“嗯。”

“你们以为妈妈是“人鱼”对吗？”

"——不是吗？"

看着麻堵有些不安的脸，拓也慢慢地摇头。"不，这样就行。"

"……"

"那我们走吧。"

这时，麻堵不停地望着通向书房的那扇门。

"可是。"他小声嘟囔道。

"怎么了？"

"必须得拿着《魔法书》啊。"

"魔法书……"

（"好魔术师"一手拿着"魔法书"面向"圣堂"——对，故事中确实有这么一段。）

看到拓也些许困惑的表情，麻堵慌忙朝书房的门跑去。"在这里不是吗。"

"——嗯？"

"魔法书在这里哦。"

"是吗？"

打开房门，麻堵跑进书房。随即从凌乱的书桌上拿来一样东西……

"给你，这个。"

"啊？啊。"

拓也接过那本"书"。

Die Städteordnung von 1808 und die Stadt Berlin——是那本可恶的德语原著复印稿的装订文件。

（……魔术师拿着的魔法书上，写着人们从未见过的难懂的文字……）

不可思议的眩晕使得拓也身心俱疲。

（原来是这样啊！）

那天——实矢和麻堵到这里玩的时候，他们在书房里发现了这本文件。从未见过的难懂的文字——不是日语，也不是英语，而且不是普通的字体，对他们来说，这本用“哥特体活字”写成的无法辨认的“书”就是“魔法书”。

然后——

拓也跟着麻堵，朝“圣堂”走去。“故事”将要迎来最终篇。

7

电话被挂断了——正好这时，她听见园城寺准雄下楼的脚步声。

“园城寺老爷。”

遥佳离开电话台，跑到楼梯前面。“我刚才给悠木君打电话了……”

“给他打电话？”

准雄瞪着遥佳。

“遥佳小姐，你擅自做这些事情，我很困扰！”

“现在可不是说这些的时候！”

遥佳扯开嗓子喊。

“实矢君和麻堵君都不在房里。”

“你说什么？”

“您看一下这个。”

遥佳将写生簿一把塞给准雄畏缩着的手。

“这是亚希君画的画册。最近的一连串案件全都是按照这上面来的。”

“怎么会……啊……这个……”

打开写生簿后，准雄的脸有些僵硬。

“这确实是亚希的字体。这幅画也是……”

“我给拓也打过电话。他说他全都明白了。他还说发现了克之的尸体。”

“克之的尸体？真的吗？”

“嗯。然后——那时，那个可能是麻堵君的声音……”

“麻堵吗？在哪里？在他那里？”

“是的。”

遥佳心急火燎地诉说着刚才和拓也的对话。“所以园城寺老爷，我们必须抓紧赶去拓也那里。总感觉他有些奇怪，突然挂断电话。”

“麻堵为什么要去他那里？”

准雄的脸色一片煞白。

“实矢也一起吗？还有香橙？那么，亚希也？”

“这个我就不知道了。所以我们要快点！”

“明白了。”

将写生簿夹在腋下，准雄立即从上衣口袋掏出车钥匙。

“我们走吧。”

8

“就是这里，妈妈。”

实矢回头望着自己领过来的香橙，指着那座古老的建筑。

“要从那里进去。”

母亲的手非常冰冷。清晨的森林中空气凉飕飕的，风也很大。母亲只穿着一件长袍睡衣，看上去很单薄。

任风将自己长长的头发肆意吹乱，香橙抬起呆滞的脸，望向实矢指着的建筑墙壁。

她还是一句话都不说。刚才她正在隔壁房间睡觉，突然被实矢叫起，然后便偷偷地溜出门来到这里。其间，她没有开口说话。虽然她很困惑，但是并没有拒绝。

实矢的半裤上面仍旧是那件绿色T恤，肩上背着一个装着所需东西的背包。

他拉着香橙的手，来到墙壁周围。洞口处竖着一块脏木板，平常就是这样被遮盖的。

拿开挡板，漆黑的洞口便呈现在眼前。“妈妈没问题吧，应该能进去吧？”

实矢说着，弯下身趴着，脚先伸进洞里。

“妈妈，快点进来。”

实矢将上半身留在外面，抬头看着母亲。

香橙茫然地看了好几遍，当实矢伸手拽她的睡袍裙摆时，她也慢腾腾地弯下腰。

“虽然有些小，但是没关系。快点进来吧，小亚在里面等着呢。”

“……”

提到“小亚”这个词，香橙的表情有了微妙的反应。实矢使劲拽拽她，她便像实矢一样趴下。

教堂里面很暗。空气比外面还凉，而且充满着异样的湿气。

先爬进去的实矢终于抓住跟在后面的母亲的手，将她拽进来，随后从背包里拿出手电筒打开。

“在这边。”

实矢扶起母亲，一边照着脚底下，一边向教堂中央挪去。香橙没有反抗。

他为母亲准备了一把椅子。那是堆积在建筑角落里的椅子中的一把。

“坐吧，妈妈。有些脏，你要忍一忍啊。”扶着母亲坐下后，他将手电筒照向教堂正中。

里面，祭坛已被泥沙和瓦砾埋葬；地板倾斜陷落了下去，形成了一个个浅水坑。吧嗒吧嗒的水滴声仍在继续。还有……

“小亚，我们来了。”实矢说道。

“麻堵呢？”低声压抑着的声音，在教堂内响起。

“接着就来，他去带大哥哥过来。”

说着，实矢确定坐在椅子上的母亲一动不动后，便再次打开肩上的背包，将他从库房里偷拿出来的蜡烛盒取出来。打火机也带了过来，那是四月份那天朝仓香里落在这里的东西。

不一会儿——

黑暗的教堂里到处都是蜡烛的光亮。

9

园城寺准雄和遥佳乘坐奔驰到达湖畔别墅时，已经是凌晨五时四十分。

拓也的“甲壳虫”停在家门前。可是，大门却没锁，家中一个人都没有。

“感觉悠木君有些不正常。我听到电话那头有麻堵君的声音，然后他就急急忙忙向我道歉。”遥佳站在起居室的中央，说道。

“道歉？”准雄问道。

“嗯。”

遥佳想起那时候拓也的声音。“他当时确实是对我说，对不起，我必须得走了……”

“你怎么不早说？”

“他又没跟我说要去哪里，所以我们只能先到这里看看。”

“话是这么说。”

准雄边焦急地抚摸鼻子下方蓄着的薄胡须，边环顾着宽阔的起居室。

“他的车还在这里，说明没有走远。可是……”

“对了。”

像是想起什么，遥佳走到准雄的身旁。

“园城寺老爷，把那本写生簿给我看看。”

“这个？”

“嗯。”

从准雄手里拿回写生簿后，遥佳迫不及待地翻开后面几页。

“亚希是按照这上面画的故事作案的。悠木君知道这个故事。他在电话里说，他以前跟亚希讲过这个故事。这样的话……”

“或许他们去的地方也写在里面？”

“对。”

“太荒唐了。”

“但是，现在也没有别的线索啊。”

“好魔法师”一行文字映入遥佳的眼帘。好魔法师——好像听实矢和麻堵说过。确实他们觉得拓也是……

冒险归来的勇士去邀请好魔法师。

“拜托你。”勇士这样说道。

“拜托你，请跟我来。四样必需的东西已经准备好了。”

魔法师点点头……

“就是这里。”遥佳小声说道，翻开下一页。

（悠木君一定是这个“好魔法师”。）

下一页画的是某处黑暗空旷的建筑里的情形。点燃的蜡烛立在烛台上，主人公“勇士”和“好魔法师”正往里走。

……两人到达圣堂。在那里……

“圣堂。”

遥佳不由得抬高声音。

“怎么了？”

准雄吃了一惊，望着遥佳的手。

“这里——这儿写着呢。‘好魔法师’——说的就是悠木君，他被带到这个‘圣堂’里去了。”

“……”

“是那里，一定是那里。”

遥佳猛地抬头，望着因充满疑惑而蹙眉的准雄。“园城寺老爷，是那处教堂。森林里的那个。悠木君和两个孩子一起去了那里。一定是这样。亚希也一定藏在那里……”

10

那是个颇显陈旧的小教堂。

灰褐色板壁上镶着脏兮兮的白框窗户，屋脊铺着红褐色的石板瓦，尖尖的屋顶上竖着又细又长的十字架。只有正面那两扇黑色大门，尚存一丝庄严的余韵。

背后是陡峭的山坡，两边是葱茏茂密的树林，教堂从中而建。

（啊……）

拓也有些不可思议，定睛望着这栋建筑。

黑色大门被几根长木板钉死，诏告着人们不许靠近。窗户也是如此，几乎被完全封闭。（就是这里。那天在教堂里面，我……）

很久很久以前，在某个遥远的国家……

拓也记起来了。

故事是从那个国家的王子被“坏魔法师”诅咒开始的。

由于那个诅咒，王子虽然还活着，但是肉体和灵魂被迫分开。他的肉体变成动弹不得的人偶，灵魂不能回到身体里，或者说不能在世间走动，只能在空中游荡。国王整天叹气，王妃受到打击卧病不起……

……能救王子的方法只有一个。用“好魔法师”的魔法来解开“坏魔法师”的诅咒。

但是，要施行魔法，必须要凑齐四样稀世的珍品。

一是生存在冰雪森林中的雪女的黑发。

二是驻扎在恶魔山上的人狼的眼珠。

三是隐藏在黑暗馆里的魔女的指甲。

四是栖息在生命之海中的美人鱼的眼泪。

一直侍奉王子，打心底里爱慕王子的城中勇士，为了得到这四样稀世珍品，开始了他的冒险之旅，带着无法回归肉体的王子的灵魂……现在再看这个故事，会觉得这是个无聊至极、充满矛盾与破绽的故事。那不过是他将之前所接触过的童话、神话、漫画以及动画片……拼凑起来的不靠谱的幻想罢了。

记得他编这个故事的时候，是小学四五年级左右。“魔法师与人偶王子”——封面上写着这个标题的笔记本，由许多笨拙的文章拼凑而成。那个笔记本恐怕早就扔掉了吧。

十年前的那天，为了给那个害怕狂风暴雨、电闪雷鸣的孩子解忧，拓也将这个故事讲给他听。他夸张地比画并讲述着“勇士”与“王子的灵魂”的冒险之旅，那孩子的眼睛闪闪发光，听得如痴如醉。

“大哥哥，这边。”

走到教堂附近的麻堵回过头来朝他招手。

“快点啊，大哥哥。”

“啊，嗯。”

对啊，所有的一切都是他自己埋下的种子。

当然他是没有恶意的。可是他怎么也想不到，那时候讲的一个故事经过十年会以这种形式在现实生活中上演。现在不是认真考虑责任等问题的时候。

但是——拓也心想。

现在那些孩子需要我。他切实地从心底祈祷着。

必须帮他们，能帮他们的只有自己，即便最后要打破这些孩子所认知的“世界”，现在，接下来……

拓也迈开步子。

11

由麻堵引路，拓也钻进灰褐色板壁下方的洞口。

刚进去便感觉到一股强烈的湿气，后背冷汗一个劲儿地流。

“是麻堵吗？”有个声音传来，是实矢。

“嗯，大哥哥来了。”

几近崩塌的教堂里面，被许多轻轻摇晃着的光芒照亮。

这里和十年前的样子完全不同。其间似乎遭受过泥石流的侵害，然后就这样被封锁了起来。

麻堵绕过成堆的桌椅，向教堂中央走去。拓也右手拿着那本装订文件，默默地跟在后面。

椅子上、地板上——到处都是点燃的蜡烛。早到的实矢已经做好“仪式”的准备了吧。

当中有把孤零零的椅子，上面坐着一个身穿白袍的长发女人。拓也走近的时候她也没回头——是园城寺香橙。

“谢谢你，大哥哥。”

穿着绿色T恤的实矢站在香橙旁边，手中握着手电筒。“请到这边来。”

“小亚在哪里？”

拓也一边绕过麻堵身旁向前走去，一边问道。

“小亚……”

实矢刚要回答的时候。

“我们是看不见小亚的。”背后传来麻堵的声音。

“但是，小亚现在正和我们在一起呢。对吧，小亚？”过了半晌，

“……啊，对啊。”

像是回答麻堵似的，有个含糊不清的低低的声音响起。“虽然看不见我的身体，但是我一直和你们在一起哦。”

（是亚希的声音……）

拓也甚是惊讶，循声望去。是实矢站在那里。

“不过啊。”实矢的声音响起，“已经没事了，小亚。需要的东西已经都在这里。‘好魔法师’大哥哥也来了。所以啊，你在听吗？”

“……啊。”

这次是麻堵发出那样的声音。故意压低的声音——那毫无疑问是出自麻堵之口。

“这样一来我终于能够回到从前了。”

是亚希的声音。随后又立即恢复成麻堵的声音。

“实矢，美人鱼的眼泪取到了吗？”

“这就取。”

实矢说着，拿起坐在椅子上的香橙的手。

“妈妈，站起来吧——大哥哥，你快过来。”

（这是……）

奇怪的两人分饰三角。拓也终于明白其中的意思了。

（对啊——原来是这样啊。被变为人偶的“王子的灵魂”一直跟随着勇士。所以这两个孩子……）

“大哥哥。”

麻堵从背后推了一下拓也。“拜托，救救小亚吧。”

拓也慢慢地往前走。吧嗒吧嗒，地板发出泥泞的声音。

正面深处设有祭坛的位置，堆积着许多冲破墙壁流进来的泥沙。地面上的木板随之塌陷，泥沙渗出的地下水形成一个黑色大水坑。而且——

拓也发现水坑中有个抱膝而蹲的小人影。他突然停住脚步。

（那是……）

脏兮兮的白色衬衫下是黑色的裤子，低着头。借着昏暗的烛光可以看出头发是红褐色的。顶棚上滴落的水滴，正吧嗒吧嗒地将他打湿。

（那是，亚希？）

“大哥哥，再往前一些。”

实矢说道。身旁站起来的香橙正呆滞地望向前方，一动也不动。

“快点啊。”

拓也被催促着又往前走了几步。“需要的东西放在这里了。”

实矢拿着手电筒，照了照水坑前面放置的小木台。

“现在就只剩下美人鱼的眼泪。”

解除诅咒所需要的四件物品中，已经有三样放在那里，分别装在透明的塑料袋里。

拓也有些难以置信地望着那些东西。

（一个是……）

“雪女的黑发”——那是四月份死在森林中的朝仓香里的头发。

（一个是……）

“人狼的眼珠”　　是从漂在湖面上的安达克之的尸体上挖下来的。一个黏糊糊的、几乎不成形的眼珠，正装在袋子中。

（一个是……）

“魔女的指甲”——那是涂着鲜红指甲油的安达雅代的长指甲。是从跌落尸体的右手中指上剥下来的。

正如实矢所说，“需要的东西”还剩最后一样，那就是“人鱼的眼泪”。

拓也将视线移到实矢脸上，他清澈的褐色瞳孔正一动不动地注视着拓也。

“实矢君。”拓也问道。

“这全都是你收集的吗？”

听到这里，实矢的神情有些为难，轻轻地摇摇头。“那么，就是麻堵君？”

“——不是。”

“那是……”

“我们只是帮忙而已。是小亚的灵魂进入我的体内……”

“小亚吗？”

拓也轻轻地转向蹲在水坑里的亚希。“那边是小亚吗？”

“嗯，不过魂魄被抽走了。”

麻堵从身后走来，说道。

“他受到诅咒变成人偶了。所以啊，我们一定得救救他。实矢和我什么坏事都没做。”

“……对啊。”

这时，实矢嘴里发出亚希那低低的声音。

“实矢和麻堵都没有错。”

“大哥哥。”

随即又变回实矢的声音。

“你可以的对不对？用大哥哥的特殊能力将小亚变回来，因为你有魔法书啊。”

“刚才说话的是小亚的魂魄吗？”

拓也问道。拿文件的手心已经汗涔涔的。

“是的。”实矢点点头。

“麻堵君刚才也发出同样的声音。”

“那个也是小亚。”

“——是吗？”

拓也慢慢地看着实矢，又转向麻堵。然后——

“但是啊，听好了？事情不是这样的。”

他的声音很平和，但却铿锵有力。

“你们两个都错了。刚才说话的不是小亚，是实矢君和麻堵君你们自己。”

“不是这样的。”麻堵认真地辩解道。

“是小亚，是小亚的灵魂进入我们体内。对吧，实矢？”

“对啊。”

“不对！”

拓也抬高声音，用手指着蹲在水坑里的亚希。

“亚希不是被诅咒变成了人偶，那种事只存在于图画书里的世界。小亚死了。那个，是小亚的尸体……”

“不是的！”实矢叫道，“小亚没有死！”

“他死了。去年八月他从阁楼窗户上跳下来的时候就已经死了。”

“那不是尸体。”实矢俊美的脸庞抽搐着，“只是灵魂被抽走而已。因为啊，我知道的，如果小亚真的死了，那么他的尸体啊，会腐烂的。学校里的老师是这么跟我们说的。所以——”

他望向亚希。

“小亚并没有死，他和那本图画书里的王子一样——对吧？麻堵。”

“嗯，嗯，对。”

麻堵有些不安地答道。正在这时——

突然，一直站在实矢身旁的香橙，往前面水坑里迈了一步。她虚无的眼神直盯着亚希看，然后——

“啊啊啊……”

哀怨的微弱声音从她喉咙里发出。“香橙夫人！”

拓也吃了一惊，急忙跑到她身边。啪啪啪，顿时水花四溅。

“啊啊啊……”

香橙不断地叫喊着，想朝前迈去。拓也拽住她的手腕不让她过去，她扭动着身体反抗着。

“啊，啊啊啊啊……”

不知道拓也和实矢的对话有没有到达她的心底。不过，从她的眼神来看，她似乎已经认出蹲在那里的正是自己的孩子亚希。

（确实——）

拓也感到毛骨悚然，低头看着亚希小小的身体。

（仿佛还活着一般。）

亚希的脸呈滑溜溜的白色，半袖开襟T恤里露出的两只胳膊也一样白，头发没有脱落。因为低着头，看不见他脸上什么样子，还有衣服底下掩藏的身体也不清楚是什么状况。但是至少不会想到这是死后接近一年的尸体。

尸蜡，拓也脑海中浮现出这个词语。

听说那是将尸体存放在水里或者湿润的土壤里才会产生的现象。它和木乃伊并称为“永久尸体”，是一种将身体内部脂肪组织蜡化，避免腐烂的方法。但是在这种地方形成尸蜡，倒是非常罕见。

香橙渐渐不再抵抗。应该说，她单薄的身体已经力气殆尽。

拓也慌不迭地想要扶住她，可惜手落空了，她就在那里——一屁股蹲在没过脚踝的水中。

“香橙夫人。”

“妈妈！”

“妈妈……”

在拓也和少年们杂乱的喊叫声中，她渐渐发出微弱的抽泣声。

12

去年八月份——

佐竹按照园城寺准雄的命令，将摔死的亚希尸体埋在后院。目睹整个过程的实矢和麻堵当夜偷偷地将尸体挖出。

恐怕真相是这样的吧，拓也心想。两人没忘记将“坟墓”恢复原样，但那时候，他们没注意到相当于墓标的白鹿雕像的方向发生了一些微妙的变化。

为什么两人要那么做呢？

佐竹说过，阁楼上摔下来的亚希并没有多大伤口，仿佛还活着一样。所以他们可能是想亲眼确认一下，被草草埋葬的哥哥是不是真的已经死了。或者说，从一开始两人就不承认亚希的死——不，也许是不想承认。

不管怎样，实矢和麻堵将挖出的尸体搬到兄弟三人的“秘密玩耍基地”——教堂之中。

不久，由于受教堂中骇人湿气的包围，以及顶棚上滴下来的水的润泽，亚希的尸体逐渐尸蜡化。因为亚希的尸体和实矢所认知的“尸体”不太一样，两人便将这种现象与单纯的“死”区分开来，也就是……

以前两人听亚希讲过《魔法师与人偶王子》的故事，遥佳所说的那本写生簿“画册”，可能是两人在亚希死后潜入阁楼拿出来的——不，也可能是从羽根木的家里拿来的。总之，这本充满某种奇怪残酷因子的故事，在实矢和麻堵这两个平时对动画、漫画基本没有概念的孩子的内心世界，绝对起了很大的冲击力和影响力。

亚希没有死，两人越来越相信这件事。他只是和故事中的王子一样，被抽走灵魂变成人偶罢了。

“感觉和我们生活在不同的世界。”遥佳曾经这样形容过实矢和麻堵。确实如此。两人看到的、生活着的是与拓也、遥佳以及周围大人们不同的“世界”。

实矢和麻堵还没有把现实世界与童话中描述的梦想世界完全区分开来。在两人的心中，现实和想象这两个世界仍旧混沌共存着。

这种概念混淆更常出现在低年龄层的孩子当中。所以，是的，这应该是父亲准雄过于严厉的教育方针所带来的弊害之一。他们被迫与同年龄段孩子所接触的现实世界中的“毒素”彻底隔离，被迫进行着一种纯粹式的培养，所以……

两人相信，亚希还活着；也相信，肉体中脱离出来的灵魂一直跟随着自己。

两人在森林中与亚希的“魂魄”一起玩耍，有时亚希还会借助两人的嘴和他们聊天。将此解释为精神学上的“双重人格”，倒不如说更像孩子们玩的“捉迷藏”游戏。

然后画中的故事与现实越来越接近，几次偶然与不可思议的巧合也在此时出现。

比如，存放亚希尸体的教堂。故事中，王子的“人偶”身体就是被安置在城堡深处的一所“圣堂”内。

在主人公集齐“必要的东西”返回之前，那所“圣堂”绝对不允许任何人接近或者进入。那是举行解开诅咒“仪式”之前必要的准备阶段，是个重要的“秘密”。

“我说，实矢君，麻堵君。”

拓也扶起香橙，将她从水坑中领出，随即回头望向两个孩子，说道：“我保证不会生气。你们能不能告诉我一些事情。”

麻堵倏地偎依在实矢身旁。两人抬头望向拓也，刚才还中邪般的认真模样，现在已经开始流露出几分迷惑与不安。

“四月份，朝仓香里——也就是你们的前任老师死在森林中。那也是‘小亚’做的吗？”

“不是。”麻堵回答道，“老师是自己摔倒了。对吧，实矢？”

“……”

“我说实矢。”

“对啊，麻堵。”

实矢回答道。同一张嘴里又发出另外一个声音，“……对啊，实矢没有错。”

是亚希的声音。

“那时候——”

实矢的声音继续说道。

“那时候我自己一个人来到这里，因为听见小亚在呼唤我，然后老师就跟了进来，我跟她说过不行，可她就是不听，看见小亚后她落荒而逃。因为这是秘密，不能让任何人知道……所以我决定求她替我们保守秘密，于是就追了上去。然后老师就摔倒在那里……”

“然后，你就把头发？”

听到拓也的问话，实矢胆怯地点点头。“小亚说那是雪女的黑发。因为老师天天穿着白色衣服，头发又黑又长。”

这么说，挖出克之眼珠的也是实矢（实矢口中的“小亚”附身）了。

那晚，实矢偶然看见克之正在骚扰遥佳。月圆之夜袭击年轻女性——那样的克之在少年眼里被当成了“人狼”，所以……

关于那件事，以及昨晚雅代的事，拓也还想继续确认一些事情。

他并不是要责怪他们。他现在必须要做的，就是教导两个孩子如何正视“现实”世界，将他们偏离轨道的内心引回到这边的世界。为此，他必须先了解全部事实。

“我说，实矢君。”

拓也开口说道，这时——

“实矢！麻堵！”

黑暗的教堂外面，有人大喊着他们的名字。“实矢！麻堵！在里面吗？”

园城寺准雄来了。

13

“是爸爸。”

麻堵拽住实矢的T恤。“是爸爸啊，实矢。”

“糟糕！”

实矢的脸色僵硬，紧张地转向拓也。

“拜托了，大哥哥。快点帮帮小亚。要是爸爸——爸爸进来的话……”

“大哥哥！”

麻堵也随声附和道。

“大哥哥，你是‘好魔法师’不是吗？刚才这么说过的吧？”

“……”

“妈妈刚才哭了不是吗？所以，人鱼的眼泪也聚齐了。所以，大哥哥，拜托你。”

“那……那个。”拓也有些语塞。

两人非常坚决。拓也想把两人拉回“现实”世界的心，被两人让亚希复活的拼命恳求所动摇……

“实矢！麻堵！”

准雄的声音仍在继续。这次是从正门外面传来的。“妈妈也和你们一起吗？亚希也在吗？”

“悠木君！”

是遥佳的声音。

“悠木君，你在吧？从哪里进去啊？喂，悠木君。”

“再等一下。”悠木想这样回答，“希望你们能再等一下，再稍微等一下——我要亲自将两个孩子的内心引回到现实世界中来，还差一点……”

“咯吱！”有个声音震颤着教堂内弥漫着的湿润的黑暗。似乎是准雄在拆大门上钉着的木板。

“等一等，园城寺老爷。”

实矢和麻堵簇拥在伫立着的香橙的身边。拓也则踏着泥泞的地板往正门方向走去。

“求求你，再等一下。”

“悠木君吗？”

是园城寺准雄的声音。

“从哪里能进去？”

“这个……”

“什么？怎么了？”

“……”

“不要进来！”

实矢尖锐高亢的声音从后面传来。“不要进来，爸爸！回去！”

“实矢？”

准雄的声音带着责备。

“快点出来。立即给我出来！”

“不行。”

实矢的声音甚是悲怆。“不行，我们正在帮小亚。”

“帮小亚……你在说什么？”

准雄严厉地反问着，又开始拆木板。

咯吱咯吱，木头折断的声音。门板上的钉子被拔出时，发出生锈的老机器那种吱吱的悲鸣声。尽管拓也不停地求他再等一等，实矢和麻堵大喊大叫着让他不要进来，准雄丝毫没有住手的意思。然后——

门被狠狠踹开。

踹门的冲击使得整座建筑颤抖着，发出巨大的惹人讨厌的咯吱声。同时，门上的彩绘玻璃出现裂缝，伴随着巨大的声响，玻璃从框上脱落，正好砸在拓也跟前。

白色的亮光像利刃般划破寂静的黑暗。风呼呼地吹进来，吞噬了几根蜡烛。

“亚希在哪里？”

园城寺准雄喘着粗气，飞奔进来。手上还拿着一块从门上拆下来的木板。

“园城寺老爷，请等一等。”

他完全无视拓也，径直朝里走去。“悠木君。”

遥佳随后跟进来。

“怎么了？这里到底发生了什么？”

“正在进行‘仪式’。”

拓也无力地答道。

“对那些孩子来说，这是件非常非常重要的事情。他不应该这样强行闯进来。园城寺老爷！等一等，听我把话说完！”

嘱咐遥佳在门口等着之后，拓也便追随园城寺准雄而去。但那时，他已经到达蜷缩在香橙后面的两个儿子身边。

“这是——”

园城寺准雄惊讶地盯着蹲在水坑里的亚希，喘着粗气说道。“啊，是亚希？这是……你们，到底在干什么？”

“小亚没有死！”

实矢指控般地说道。

“你在说什么？”

像在强烈惧怕着什么，园城寺准雄大声怒斥道。空气哧哧地震颤着，建筑某处似乎有种紧绷绷的吱吱作响声。

“实矢，麻堵，你们到底……”

园城寺准雄的目光停在跟前的木台上，当他认出上面并排着的塑料袋中是什么东西之后，他呜的低吼一声。

“这是——这些也是你们干的？”

“为了帮助小亚，这些是必需的。”

实矢扯开嗓子，痛切地喊道。“所以爸爸，不要发火。”

“什么叫为了帮助小亚。你们——你们果然也……”

他应该是想说，“你们果然也疯了吗？”对他来说，亚希就是他一直厌恶和惧怕着的对象，难道说弟弟们也和他一样？

“是小……小亚的错。”麻堵有些胆怯地说道。

“我和实矢都没有错。爸爸，这全都是小亚……”

“麻堵！”

实矢像是吃了一惊，尖声叫道。“不可以，不可以这样说。”

“可是……”

“不可以。就是因为我们总是这样说——所以，小亚才被爸爸讨厌。事实就是这样。”

“可是——可是……”

“爸爸，你听我说。”

实矢对着准雄说道。

“小亚并不像大家说的那样是个坏孩子。每次做错事的都不是小亚。”

“你想说什么？”准雄狠狠瞪着实矢。

“那些都无所谓了。你俩快点出去。”

“是真的，爸爸。”

实矢毫无畏惧地说道。

“是真的。很久之前弄死婴儿的不是小亚，实际上是克之。”

“你们怎么知道？”

“是小亚说的。不过，他不让我们跟任何人讲。他说如果自己将所有的过错承担下来，那么大家就不用挨骂了。”

“我额头上的伤也是如此，并不是小亚的错。事实上是麻堵在那里乱抡棍子才打到我的。但是小亚为了不让麻堵挨骂，承认说是他干的……”

这样啊，拓也心想。

“柴犬苔丝的死也是一样。是因为我对苔丝使坏，惹火苔丝，它要扑过来咬我的时候小亚帮了我。还有很多很多类似的事情，几乎每次都是我和麻堵犯错，小亚他……”

在以准雄为首的大人们眼里，亚希这个孩子是“发疯的”，是“坏孩子”。这可以说是一种主观的事实。但至少在实矢和麻堵这两个弟弟看来，哥哥是不同的。

先不说婴儿事件的真实情况如何，对他们而言，亚希就是一位经常保护他们躲过父亲严厉批评的哥哥，而且是以把所有“罪责”都往自己身上揽这种悲哀的方式。

三人生活在同一个“世界”里，父亲和他们的世界则完全不同。亚希一味地守护着自己的世界，守护着住在那里的两个弟弟，所以实矢和麻堵才这么迫切地希望亚希能够复活。所以……

“够了！”

园城寺准雄大声吼道，打断正拼命解释着的实矢。“嘎吱，吱吱吱……”建筑某处又响了起来，声音比刚才的还要大、要长。

“不要再说了，待会再听你解释。快，你们两人赶紧带着妈妈出去。”

“爸爸。”实矢哀求道。

“小亚不是坏孩子，所以求你了，求求你救救小亚……”

“我刚才不是叫你别再说了吗？”

园城寺准雄的声音仍旧很严厉，甚至有些残暴，仿佛要用愤怒来掩饰他强烈的困惑。

“看着，你们好好给我看着。”

他吧唧吧唧踏进水坑，伸手去够蹲在那里的亚希。

“啊！”

实矢和麻堵同时叫了出来。

“不行！”

“不能碰啊！”

“给我看清楚！”

园城寺准雄的脸痛苦地抽搐着，猛揪住低着头的亚希的头发，用力一拽。

“好好看看，这是具尸体！小亚已经死了。知道吗？”

那是一张让人毛骨悚然的脸。虽说轮廓完整地保存下来，但是白皙的黏滑的皮肤上到处都是裂口，鼻子也有一半已经塌陷，眼皮像要盖住眼睛一样耷拉着。

“爸爸，不要！”实矢悲痛地叫喊着。

“那样小亚会回不来的。”

“住嘴！”

园城寺准雄又狠命地拽了拽头发，突然——

咕哧一声微弱的声音，亚希的脸倒向前方。头发竟然被整个拔了下来。

哇的一声，准雄立刻将手上的头发扔出去。亚希垂下的脑袋渐渐向前折去，不一会儿，只听吧嗒一声，脑袋从尸体上滚落下来，落入水坑。

“哇！”

“唔哇！”

实矢和麻堵叫道。

“小亚他……”

“小亚的头……”

“这，这是尸体。”准雄尖着嗓子喊道。

“看见了吗？这是具尸体。还不明白吗？亚希已经死了，不会复活的。”

“太过分了，爸爸。”

“太过分了。”

“啊啊……啊啊啊啊……”

香橙嘴里又开始发出呻吟叹息声。

“别吵了！”

听见如同旋涡式的各种喊叫，园城寺准雄的心里越来越恐慌。突然他将右手拿着的木板奋力举过头顶，“看清楚了，这只不过是些土块。看好了！”

园城寺准雄边大声怒斥着，边瞄准那具无头尸体。咕咚！一个可怕的声音响起，白色T恤里的尸体碎了。

“住手！”

实矢大叫着扑过去，想要阻止父亲由于激动而疯狂的举止。“住手！”

“园城寺老爷！”拓也也叫喊着，“请您冷静一些，园城寺老爷。”

“住手，爸爸。”

实矢瞄准再次举起木板的父亲的腹部，用头猛冲过去。他用尽全身力气，以至于园城寺准雄被弹飞出去，背部正好撞在后面的黑色沙堆上。尚有余力的实矢又跑过去压在父亲的身上。

“园城寺老爷，实矢君！”

拓也扔掉手里的“魔法书”，想要跑进水坑，就在那时——

从刚才开始就一直咯咯作响的建筑，咯咯咯、吱吱吱吱吱吱……

突然发出比刚才大好几倍的声音。

（这个声音？）

拓也吃了一惊，站在原地。

声音仍在继续，感觉整个建筑像在演奏着极不和谐的奇妙音律，而且越来越大。这种毁灭性的声音是？

（糟糕！）

他在心中大喊——

咯咯咯……重重的低声轰鸣与刚才的吱吱声重合在一起。正要站起来的实矢哇的一声叫出来。

“爸爸！爸爸！”

他想抓住倒在地上的爸爸的手腕，将他拉起——突然，隆起的泥沙和瓦砾如同波浪般涌过来。

“实矢君！”

拓也大叫，还没来得及去救他们。

“实矢君！园城寺老爷！”

黑色泥沙已经不容分说地将两人吞没。

“麻堵君，快逃！”

拓也的叫喊淹没在轰鸣声中。

不堪承重濒临坍塌的泥沙，陈旧松弛的建筑材料……这个教堂原本就非常危险，再加上刚才正门被破坏、里面的人大声说话、吹进来的强风，以及刚才实矢和准雄双双卧倒的震动，这些导火线使得勉强维持至今的建筑失去了最后的平衡。

“香橙夫人也快点出去。”

拓也握住呆呆地站着的香橙的手，转过身。麻堵也一副惶恐不安的样子，似乎还没理解到底发生了什么事。

“麻堵君，快到外面去！”

这一声带着怒吼的喊叫，终于让麻堵回过神来，跑了出去。

“悠木君！”

入口处传来遥佳的声音。

“快出去，这里危险！”

拓也一边用尽全身力气叫喊着，一边拉着香橙的手往正门跑去。木板稀稀落落地从顶棚掉落下来，窗户上的玻璃已经稀碎，蜡烛也全都倒下。吱吱声越来越剧烈，仿佛要将这片空间摧毁一般。

从教堂里跑出来时，里面的顶棚眼看就要塌陷。拓也催促着煞白着脸迎接三人的遥佳，又一齐往远处跑去。

轰鸣声特别大，一声声震颤着清早的空气。跑到差不多森林跟前的时候，拓也回过头来。

立在屋顶的十字架摇摇晃晃地倒下了。此刻，眼看就要坍塌的建筑，仿若一个被斜着压扁的巨型火柴盒。

在建筑完全塌陷之前，四人只能呆呆地伫立着，默默地注视着这一切。麻堵依偎在香橙脏兮兮的睡袍上，遥佳则靠在拓也的身旁。

“——实矢。”

不久，坍塌的余音渐渐消失，四周又恢复平静。麻堵最先开口。

“小亚……爸爸……”

“悠木君，这个。”

遥佳将夹在腋下的写生簿交给拓也。

“这是那本……”

“嗯。”

拓也接过写生簿，看了看灰色封面上的题目，然后翻到“画册”的最后一页。

“……就这样，坏魔法师的诅咒被解开，王子殿下又恢复到以前的模样。”

——满脸笑容的王子。喜笑颜开的国王和王妃。被世人称赞的主人公勇士……

拓也深深地叹口气，望向麻堵。

麻堵抱住表情虚无、呆呆伫立着的母亲，哭泣着。为了两个哥哥的死，也为了最终还是没能理解他们的父亲的死，他哭泣着。

刚才这悲惨的结局，终于给现实与想象奇怪交错的世界画上了迟来的终止符。

终 章

“车子已经准备好了。”

佐竹邦江过来招呼麻堵他们。

“少爷，咱们出发吧。走吧，夫人。”

少年点点头，拉着母亲的手。

不能说话的母亲用哀怨的眼神看着自己的儿子，慢慢地从椅子上站起来。

车子的引擎已经发动，奶奶正坐在白色奔驰的后座上。佐竹周三将车门打开，迎接从房里出来的香橙和麻堵。

“老师不和我们一起走吗？”

麻堵回头望向大门处。遥佳正偎依在赶过来给他们送行的拓也身旁。

“我坐大哥哥的车回去。”

遥佳温柔地笑道。

“回了东京，老师还是会过来玩的吧？”

“嗯。”

“大哥哥也是吗？”

“我和遥佳老师一起去。”

拓也眯着眼睛回答。

两人看起来感情很好，麻堵稍微有点儿羡慕。

“一定哦。”麻堵再三叮嘱，“说好了啊。”

天空阴沉沉的，似乎快要下雨，湿润的空气中，森林的绿色显得更加娇嫩，风也缓和许多。

香橙坐在副驾驶上，麻堵则坐在初子旁边的后座上。

拓也和遥佳挥着手。邦江深深地低下头。车子安静地发动着……

麻堵跪在座位上，望着后面渐行渐远的白色洋房。

“实矢……实矢，你在吧？回答我。”

麻堵用极其微小的连邻座奶奶都听不见的声音说道。

“……我在啊，我们一直都在一起。”

实矢的声音低低地和着。

“对啊。”

麻堵有些安心似的独自微笑着。

“小亚也在吧。小亚？”

“……啊。”

更低更细小的亚希的声音。

“但是这件事一定要保密，听见了吗？麻堵。”

“——嗯。”

少年咬紧嘴唇，望着车子后窗映出的浅浅的影子，点点头。

文治
© wénzhì books

更好的阅读

出 品 人 沈浩波
特约监制 潘 良 于 北
产品经理 烨 伊
特约编辑 刘 烁
版权支持 冷 婷 郎彤童
装帧设计 沉清Evechan

关注我们

官方微博：@文治图书
官方豆瓣：文治图书
联系我们：wenzhibooks@xiron.net.cn

图书在版编目（CIP）数据

浙江省版权局
著作权合同登记章
图字:11-2020-472号

人偶的复活 /（日）绫辻行人著；张彩霞译 .—杭州：浙江人民出版社，2021.3
ISBN 978-7-213-10013-0

Ⅰ . ①人… Ⅱ . ①绫… ②张… Ⅲ . ①推理小说—日本—现代 Ⅳ . ① I313.45

中国版本图书馆 CIP 数据核字（2021）第 004950 号

人偶的复活

RENOU DE FUHUO

（日）绫辻行人 著　张彩霞 译

出版发行　浙江人民出版社（杭州市体育场路 347 号　邮编　310006）
责任编辑　张世琼
责任校对　戴文英
封面设计　沉清 Evechan
电脑制版　雨　山
印　　刷　天津旭丰源印刷有限公司
开　　本　880 毫米 × 1230 毫米　1/32
印　　张　10
字　　数　188 千字
版　　次　2021 年 3 月第 1 版
印　　次　2021 年 3 月第 1 次印刷
书　　号　ISBN 978-7-213-10013-0
定　　价　48.00 元

如发现图书质量问题，可联系调换。质量投诉电话：010-82069336